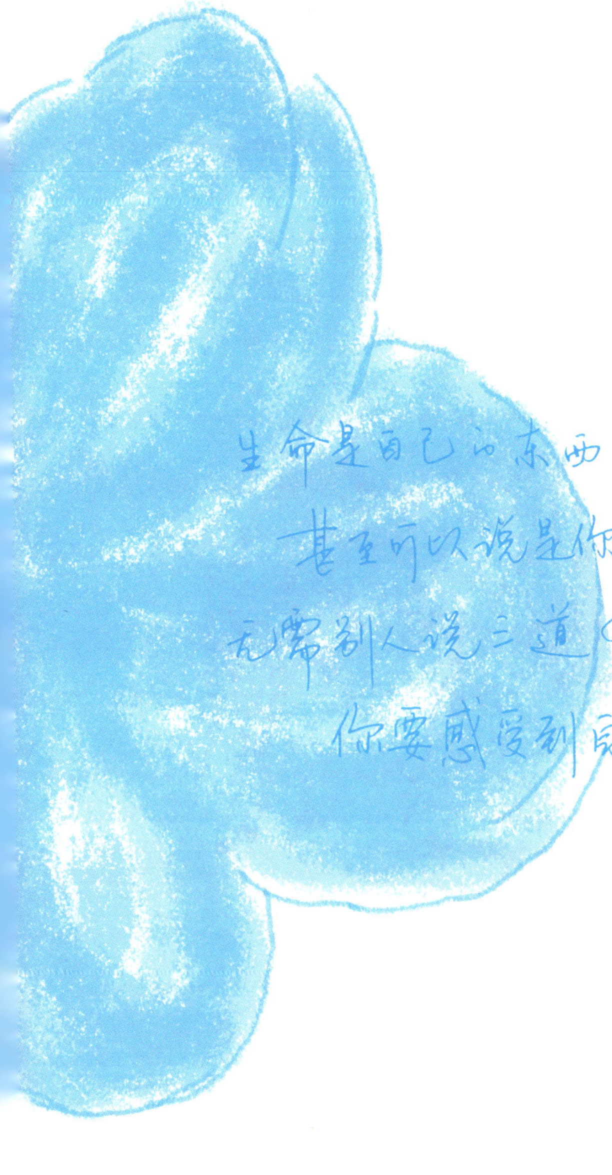

生命是自己的东西

甚至可以说是你仅有的东西。

无需别人说三道四

你要感受到自己的价值。

——毕淑敏

望你在自己的心灵深处，

埋下兰花的种子。

别看它细如烟尘，

但在外表的平静和质朴里面，

蕴含着旷世的美艳和惊天动地的香氛。

Warmth

女人的美丽不是只有一根蜡烛的灯笼，

它是可以不断燃烧的天然气。

时间的掸子轻轻扫去女人脸上的红颜，

但它是有教养的，

还女人一件永恒的化妆品

——叫作气质。

我们可以受伤，
我们可以流血，
但我们要在最短的时间里，
医治好自己的伤口，
尽可能整旧如新。

在大森林里，
呼吸到无边无际的绿色，
从心灵到皮肤，染成薄荷；
在磅礴秀美山水之地，
触抚绿色，灵性和力量流淌人心。

安静地等待。
好好睡觉，
像一只冬眠的熊。
锻炼身体，
坚信无论是承受更深的低潮
或是迎接高潮，
好的体魄都用得着。

Love

过，不紧绷松弛的人生

把自己养成一朵特别的花

Selfhealing

毕淑敏 著

北京联合出版公司
Beijing United Publishing Co.,Ltd.

目录
Contents

Chapter 叁 泥沙俱下地生活

Chapter 肆 好好生活，别想太多

目录
Contents

Chapter 伍 是的，我很重要

Chapter 陆 安静地等待，好好睡觉

在中华文化中，什么是天下第一香？

兰花香。

兰花是源远流长风华绝代的植物。它为多年生草本。一般株高 20~40 厘米，根呈长筒状，叶子多为线状披针样。当然这个“线”，可粗可细。纤巧可如丝缕，厚重可仿重剑。兰叶有着皮革一般的光泽，叶虽多但绝不繁乱，仰俯自如，青翠挺拔。兰花有一个庞大的家族，品类据说达两千五百多种。从密不透风的热带雨林到突兀的悬崖峭壁，从湿润的江南峡谷到干旱的沙漠戈壁，到处可以寻觅到兰花的踪影。兰花的花形变化多端，比如跳舞兰，花朵形状酷似一个翩然起舞的女孩。比如蝴蝶兰，简直就是蝴蝶的转世。说到色彩，更是令人眼花缭乱。我看到过一株墨兰，那花的颜色，酷似书法大师挥毫之后砚池中的淡淡残水，闻之似有墨香。如非兰展上亲眼所见，断乎是不能相信世上还有如此颜色的花朵，只以为那是一个传说。不过兰花虽颜色繁复，但据说纯白色的素心兰，倒是最难得的。

古人赞曰：“兰之香，盖一国。”兰花以它特有的叶、花、香独具四清（气清、色清、神清、韵清），其香也淡，其姿也雅，给人以高洁、清丽的美好形象，被喻为花中君子。

在汉语中，镶有“兰”字的词汇非常多。孔子曾经说过“与善人居，如入芝兰之室，久而不闻其香，即与之化矣”。他老人家开了个好头，于是在中国文化的典籍中，慷慨地将无数美誉，倾泻到了兰花之上。

诗文写得好，被美喻为“兰章”。交到一个志同道合的好朋友，被称为“兰客”。这段友谊，也就名至实归地命名为“兰交”。兰言，指心意相投的言论。义结金兰，说的是不能同年同日生，但求同年同日死的侠肝义胆。义结金兰后，要交换谱贴，那就成为金兰谱或干脆就叫兰谱。

兰魄，指的是高尚之精神。兰质，讲的是如兰一般的品质。兰芝，把兰花和灵芝叠加在一起，好像现时的强强联合，以喻美德之极点。兰堂，指的是古雅而雄伟的厅堂。女子卧室，就叫兰闺。美丽的衣服，就称兰服。谈吐清越，被称为兰音。贤人君子被称为兰柱之人。兰期，便是相约佳期。用香料泡制的洗浴水，就成了兰汤沐浴。采兰赠药，指的是男女青年互赠信物，表示相爱之情。兰心蕙性，比喻女子善良贤淑。京剧中女子美丽的手势，纤纤素手一翻一翘，娇柔有力又充满性感，则被称为兰花指……

以上咱们光谈的是美好事物，也说一点带有悲剧色彩的。兰摧玉折，讲的是贤人亡故，志士夭折。兰艾同焚，指的就是玉石俱损……

兰花如此面面俱到威名远播，但它本身却是来自山野的草花，这从它的种子可见一斑。凡是草莽之中的生灵，种子都是微不足道的。兰花的种子极为微小，呈长纺锤形，人的肉眼几乎辨认不清。科学家取了颗种子称一称，哎呀！兰花的一粒种子只有 0.3~0.5 微克重。也许一般人无法辨识这样小的分量到底是多少，那咱们来复习一下重量的知识。1 公斤有 1000 克，1 克有 10^6 微克。打个比方吧，就算是最大的兰花种子，也需要 2×10^6 粒花种才有 1 克重，要 2×10^9 粒种子，才有 1 公斤重。兰花的种子这样琐碎渺小，简直不值一提。种子简陋到没有胚乳，外面只包着一层疏松、透明的种皮，可谓衣衫褴褛。就算是落到土里，也要一年以上的休养生息才能缓缓发芽。

看到这里，也许你要为兰花的命运多舛担心了。兰花的种子虽然微小，然数量极多。每一蒴果内含有种子一万粒左右，小小的种子具有很大的浮力和特别抗水的能力。因此，兰花在大地上生生不息。

兰花的精神可谓强大，人也要向兰花学习，要有一点精神。人如果没有了精神力量，就成了行尸走肉。女子特别需要有一点精神，因为体力相比男性稍有欠缺，精神就尤应强大。

精神是需要滋养维修的。肉体的洁净和精神的佳美应该互为因果，良性循环。希望每个女子的精神世界，都遍植兰花，香氛悠远。

即使你今日尚未成为盛开的兰花，也望你在自己的心灵深处，埋下兰花的种子。别看它细如烟尘，但在外表的平静和质朴里面，蕴含着旷世的美艳和惊天动地的香氛。它需要土地、阳光和水的襄助，当然，最主要的，是兰花本身的勃勃生机。

有了兰种，请去耕耘。终有一天，你心灵的香气，会旷日持久地飘荡和远播。

Chapter

壹

●

每个人，
都有自己的
注脚

世界是没有止境的，
　　惊奇也是没有止境的。
惊奇是流动的水，
　　它使我们的思想翻滚着，
散发着清新，
　　抗拒着腐烂。

柔和的力量

Rou He De Li Liang

女人比男人更需要智慧，因为她们是更柔软的动物。智慧是优秀女人贴身的黄金软甲，救了自身，也可救旁人。没有智慧的女人，是一种遍体透明的藻类，既无反击外界侵袭的能力，又无适应自身变异的对策，她们是永不设防的城市。智慧是女人纤纤素手中的利斧，可斩征途的荆棘，可斫身边的赘物。面对波光诡谲的海洋，智慧是女儿家永不凋谢的白帆。

优秀的智慧的女性，代表人类的大脑半球，对世界发出高亢而略带尖锐的声音，在每一面山壁前回响。

但女人难得智慧。她们多的是小聪明，乏的是大清醒。过多的脂粉模糊了她们的眼睛，狭隘的圈子拘谨了她们的想象。她们的嗅觉易在甜蜜的语言中迟钝，她们的脚步易在扑朔的路径中迷离。智慧不单单是天赋的独生女，她还是阅历、经验、胆魄三位共同的学生。智慧是一块璞，需要雕琢，而雕琢需要机遇。

不是每一块宝石都会璀璨，不是每一粒树种都会挺拔。

我是一个保守的农人，面对一块贫瘠土地上的麦苗，实在不敢把收成估计得太好。智慧的女人通常比我们想象的要少。

优秀的女人还需要勇气，在这颗小小的星球上，什么矛盾都不存在了，男人和女人的矛盾依然欣欣向荣。交战的双方永远互相争斗，像绳子拧出一道道前进的螺纹。假如你是一个优秀的女人，无论你朝哪个领域航行，或迟或早地都将遭遇这个世界上最优秀的男人，不要奢望有一处干燥的苗秸可以供你依傍，不要总在街上寻找古旧的屋檐避雨。当你不如一个男人的时候，他会宽宏大量地帮助你；当你超过一个男人的时候，他会格外认真地对抗你。这不知是优秀女人的幸还是不幸？善良的、智慧的、有勇气的女人，要敢在黑暗的旷野独自唱着歌走路，要敢在没有桥没有船也没有乌鸦的野渡口，像美人鱼一样泅过河。

这个比例有多少？

望着越来越稀疏的队伍，我真不忍心将筛孔做得太大。但女人天性胆小，就像含羞草乐意把叶子合起来一样。你不能苛求她们。

现在，在漫长阶梯上行走的女人已经不多了。

最后，让我们来说说美丽吧。

在这样艰苦的跋涉之后再来要求女人的美丽，真是一种残酷，犹如我们在暴风雨以后寻找晶莹的花朵。

但女人需要美丽。美丽，是女人最初也是最终的魅力。不美丽的女人辜负了造物主的青睐，她们不是世上的风景，反倒成了污染。

何为美丽，一千个人有一千种说法。我只能扔出我的那一块砖。

美丽的女人，首先是和谐的。面容的和谐，体态的和谐，灵与肉的和谐。美丽，并非一切精致巧妙的零件的组合，而是一种整体的优美，甚至缺陷也是一种和谐，犹如月中的桂影。那不是皓月引发无数遐想最确实的物质基础吗？和谐是一种心灵向外散发的光辉，它最终走向圣洁。

美丽的女人，其次应该是柔和的。太辛辣、太喧嚣的感觉不是美，而是一种刺激。优秀女人的美丽像轻风，给世界以潜移默化的温馨。当然它也可容纳篝火一般的热情。可是你看，跳动的火苗舒卷的舌头是多么地柔和，像嫩红的枫叶，像浸湿的红绸，激情的局部仍旧是细致而绵软的。

美丽的女人，应该是持久的。凡稍纵即逝的美丽，都不是属于人，而是属于物的。美丽的女人少年时像露水一般纯洁，年轻时像白桦一样蓬勃，中年时像麦穗一样端庄，老年时像河流的入海口，舒缓而磅礴。

美丽的女人经得起时间的推敲。时间不是美丽的敌人，只是美丽的代理人。它让美丽在不同的时刻呈现出不同的状态，从单纯走向深邃。

女人的美丽不是只有一根蜡烛的灯笼，它是可以不断燃烧的天然气。时间的掸子轻轻扫去女人脸上的红颜，但它是有教养的，还女人一件永恒的化妆品——叫作气质，可惜有的女人很傻，把气质随手丢掉了。

也许可以说，所有美好的女人都是美丽的。

我在女性的群体里砌了一座金字塔，它是我心目中的女性黄金分割图。

这样一路算下来，优秀的女人多乎哉？不多也。

是不是我的比例过于苛刻？是不是我对世界过于悲观？是不是我看女人的暗影太多？是不是优秀和平庸原不该分得太清？

现代的世界呼唤精品。女士们买一个提包都要求质量上乘，为什么我们不寻求自身的优秀？

优秀的女人也像冰山，能够浮到海面上的只有庞大体积的几十分之一。精品绝不会太多，否则就是赝品或大路货了。

难道女人不该像拥有眼睛一样拥有善良吗？难道没有智慧的女人不是像没有翅膀的鸟儿一样无法翱翔？难道坚忍不拔、果敢顽强对于女人不是像衣裳一般重要？难道女人不是像老媪爱惜自己的最后一颗牙齿一样爱惜美丽？

让我们都来力争做一个优秀的女人吧。为了世界更精彩，为了自身更完美，为了和时间对抗，为了使宇宙永恒。

保持惊奇

Bao Chi Jing Qi

惊奇，是天性的一种流露。

生命的第一瞬就是惊奇。我们周围的世界，为什么由黑暗变得明朗？周围为什么由水变成了气？温度为什么由温暖变得清凉？外界的声音为何如此响亮？那个不断俯视我们亲吻我们的女人是谁？

……

从此我们在惊奇中成长。

这个世界上，有多少值得惊奇的事情啊。苹果为什么落地，流星为什么下雨，人为什么兵戎相见，历史为什么世代更迭……

孩子大睁着纯洁的双眼，面对着未知的世界，不断地惊奇着、探索着，在惊奇中渐渐长大。

惊奇是幼稚的特权，惊奇是一张白纸。

但人是不可以总是惊奇着的。在生命的某一个时辰，你突然因为你的惊奇，遭逢尴尬与嘲笑。你惊奇地发现——惊奇在更多的时候，是稚弱的表现，是少见多怪的代名词，是一种原始蛮荒的状态。

对于我们这个崇尚见怪不怪其怪自败、尊重老练成熟的民族心理中，惊奇是如胎发一般的标志。

你想成功吗？你首先须成功地把自己的惊奇掩盖起来。

我们的词典里，印着许多诸如“处变不惊”“宠辱不惊”的词汇，使“不惊”镀着大将风度的金辉，而“惊”则屈于永久的贬义。

翻那词典，后面更有了“惊慌失措”“大惊失色”“惊恐万分”的形容，“惊”堕落着，简直就是怯懦、退缩、畏葸的同义语了。

于是人们开始厌恶惊奇。你想做大事吗？一个必备的基本功，就是训练自己丧失惊奇。

你看到生活远没有书本上描写的那样美好，你不要惊奇。

你看到爱情远不是传说中那般纯洁，你不要惊奇。

你看到友谊根本不是故事中那般忠诚，你不要惊奇。

你看到日子绝不如想象中那般绚烂，你不要惊奇……

如果你惊奇了，你就违反了一条透明的规则，会遭到别人阳光下或是暗影里的嘲笑：这个孩子还嫩着呢。

你在一次次碰壁后醒悟到：即使你对这个世界还一知半解，你还搞不清问题的全部，但有一点你现在就能做到，那就是——埋葬你的惊奇。

你看到丑恶，假装没有看到，依旧面不改色谈笑风生，人们就会送你人情练达的评价。你听到秽闻，仿佛在那一刻患了突发性的耳聋，脸上毫无表情，人们会感觉你老于世故可以信赖。你被美丽美好美妙的景色感动，只可以默默地藏在心底，脸上切不可露出少见多怪的惊异，人们就会以为你少年老成，有大谋略大气魄，是可做将帅的优良材料。你碰到可歌可泣的人间至情，要把心肠练得硬如钻石，脸不变色心不跳，就算真搅得肝肠寸断，只可夜晚躲在无人处暗自咀嚼，切不可叫人觑了去，落得个优柔寡断的恶名……

现代社会是一只飞速旋转的风火轮，把无数信息强行灌输给我们。见多不怪，我们的心灵渐渐在震颤中麻痹，更不消说有意识地掩饰我们的惊讶，会更猛烈地加速心灵粗糙。在纷繁的灯红酒绿和人为的打磨中，我们必将极快地丧失掉惊奇的本能。

于是我们看到太多矜持的面孔。我们遭遇无数微笑后面的冷淡。我们把惊奇视作一种性格缺憾，我们以为永不惊讶才能达到人生的至高境界。

细细分析起来，“惊奇”是由两部分组成的，先有“惊”，其次才是“奇”。如果说“惊”属于一种对陌生事物认识局限的愕然，“奇”则是对未知事物积极探讨的萌芽了。

否认了“惊”，就扼杀了它的同胞兄弟。我们将在无意之中，失去众多丰富自己的机遇。

假如牛顿不惊奇，他也许就把那个包裹着真理的金苹果，吃到自己的小肚子里面了。人类与伟大的万有引力相逢，也许还要迟滞很多年。

假如瓦特不惊奇，水壶盖噗噗响着，一个划时代的发现，就蒸发到厨房的空气中了。我们的蒸汽火车头，也许还要在牛车漫长的辙道里蹒跚亿万公里。

即使对普通人来说，掩盖惊奇，也易闹笑话。一位乡下朋友，第一次住进城里的宾馆。面对盥洗室里那些式样别致的洁具，他想不通人洗一个脸，何至于要如此麻烦。他不会使用这些物件，本来请教一下服务小姐，也就迎刃而解了。可是他不想暴露自己的惊奇，就用地上一个雪白的盛着半盆水的瓷器，洗了脸，后来他才知道，那是马桶。

这当然是一个极端的例子。我之所以把它写在这里，绝无幸灾乐祸之意。现代社会令人眼花缭乱，每个人在某种意义上说，都是孤陋寡闻的。你在你的行业里是专家里手，在其他领域，完全可能是白痴。这不是羞愧的事情，坦率地流露惊奇，表示自己对这一方面的无知以及求知的探索，是一种可嘉的勇气。

我认识一位老人，一天兴致勃勃地同我探讨电脑的种种输入方法。他整整八十二岁了，肾脏功能已经衰竭，我坚信他这一辈子也不可能在电脑键盘上敲出一个字。他在自己的专业范畴里，是一位德高望重的长者，但对电脑的理解多有谬误，就连我这个二把刀也听出了许多破绽。但是老人家充满探索之光的惊奇的眼神，却在这一瞬像探照灯一样扫过我的灵魂。面对他青筋暴跳微微颤抖的手，我想，不知我这一生可否活得这样高寿？不论我生命的历程有多长，我一定要记得这目光炯炯的惊奇，学习他对世界的这份挚爱。绝不仅仅沉浸在熟悉的航道，始终保持对辽阔海域的探索，直到我最后一次呼吸。

惊奇是一种天然，而不是制造出来的。它是真情实感的火花。一块滚圆的鹅卵石，便不再会惊讶江河的波涛。惊奇蕴含着奋进的活力。

惊奇不仅仅是幼稚，惊奇不仅仅是无知，惊奇是在它们的基础上的深化和挺进。

你既然惊奇了，你就要探索这奥妙。你既然惊奇了，你就不能仅仅止于惊奇。爱好惊奇的人，也需爱好将惊奇转化为平凡。消灭惊奇的过程，也就是学习的过程，惊奇在熟悉中淡化，才敢在惊奇中成长。

世界是没有止境的，惊奇也是没有止境的。惊奇是流动的水，它使我们的思想翻滚着，散发着清新，抗拒着腐烂。

在城市里待得久了，常常使我们丧失惊奇的本能。我们鳝一样滑行着，浑身粘满市侩的黏液。

到自然中去，造化永远给我们以大惊喜。和寥廓的宇宙相比，个人的得失是怎样的微不足道啊。不要小看山水的洗涤，假如真正同天地对一次话，我们定会惊奇自己重新获得活力。

如果无法到自然中去，就同与自己没有利害关系的从小的朋友，做一次促膝的谈心。利害关系这件事，实在是交友的大敌。我不相信有永久的利益，我更珍惜患难与共的友谊。长留史册的，不是锱铢必较的利益，而是肝胆相照的情分。和朋友坦诚地交往，会使我们留存着对真情的敏感，会使我们的眼睛抹去云翳，心境重新开朗，惊奇就在这清明的心境中，翩翩来临了。

假如既没有自然可以依傍，又没有朋友可以信赖，真是人生的大憾事。只有在静夜中同自己对话，回忆那些经历中最美好的片段，温习曾经使心灵震撼的镜头。它也许是很小的一朵野花，也许是冬天的一盏红灯笼，也许是苍茫的大漠暮色，也许是雄浑激荡的乐曲……总之，那是独属于你的一份秘密，只有你才知道它对于你的惊奇的意义。古语说：学而时习之，不亦说乎。复习以往我们情感中最精彩的片段，常常会使我们整旧如新。

保持惊奇，我常常这样对自己说。它是一眼永不干涸的温泉，会有汩汩的对于世界的热爱，蒸腾而起，滋润着我们的心灵。

最单纯的生活必需品

Zui Dan Chun De Sheng Huo Bi Xu Pin

迪士尼版的《森林王子》，描写一个人类婴孩，偶入大森林，被野狼阿力一家收养，在大熊巴鲁、黑豹巴希拉等动物的呵护与培养下，成为友善、勇敢、智慧、快乐的少年，描绘了一幅人与动物在大自然的怀抱中和谐相处的图画。

片中各种动物的造型和举止，颇符合物种个性的特征，险而不惊。特别是蟒蛇与巴克利的斗智斗勇，美妙的搏斗场面，既让人想起蛇那油光水滑阴险狡诈的秉性，被它的盘旋晕得眼花缭乱，又让人在紧张中怡情，充满了机警的悬念。大熊巴鲁为了拯救巴克利，与森林之王老虎谢利展开了殊死搏斗，以致昏倒在地。黑豹巴希拉误以为它已阵亡，心情激动地致了一段感人肺腑的悼词。大熊巴鲁慢慢苏醒后躺在地上，一动不动地倾听着，在庄严肃穆中，引出人们啼笑皆非的泪水。

巴鲁复苏之后，开始教导人类的孩子巴克利，如何在大自然中生活。那只载歌载舞的憨厚大熊，反复吟唱着一句话——“让我们，得到，最单纯的生活必需品……”

真是令人拍案叫绝的真理——最单纯的生活必需品——由一只熊告诉我们。

人想活着，就必然有一些必不可少的物件陪伴左右。几年前，我见到一个乡下孩子和一个城里孩子在做游戏。一张卡片，正面写着问题，背面写着答案。双方看着问题回答，对与不对，以卡片为准。那题目是——生命存活的三大基本要素是什么？

城里孩子说，这还不简单吗，就是脂肪、蛋白质和碳水化合物呗！

乡下孩子说，啥叫脂肪？不就是猪大油吗？人没有猪油那些荤腥吃，能活。蛋白质是啥？不就是鸡蛋吗？人吃不上鸡蛋也可以活。碳水化合物是啥东西，俺不知道。俺只知道人要活着，最要紧的是要有水、火柴和粮食！

那张硬硬的精美卡片后面的答案，判定城市孩子的回答正确。但说心里话，我更认为乡下孩子的答案率真和智慧。

纵观人类的历史，我们的生活必需品的名录，就像银行信用卡恶意透支的黑名单，是越来越长了。一千年前，假如我们外出，真如那个乡下孩子所讲，只需带上水和干粮，再携一把火镰，就可走遍天下。现在呢，要有旅游鞋休闲装，盆碗帐篷净水器，驱蚊油防晒霜，卫星电视电话机……

这应该算是进步吧？只是大自然不堪重负了。养育一个现代人的物资，足够当初养活一百个、一千个原始人。

大熊的箴言里，还有一个含义——单纯，单纯是一种很真实很透明的东西，我们已经在进化中将它忽略和玷污。比如水吧，人体的细胞所需要的，是纯净的自然之水，而绝不是啤酒、可口可乐和掺了色素的某种浑浊液体。人们先是把水弄得很复杂，然后再把脏水过滤。当人饮着这种再生的清水时，沾沾自喜，以为是文明和进步，其实比古代人的饮水质量，还差着档次。

再如空气，人的肺所需要的，是凛冽的清新的山谷森林之风，而绝不是被汽车吞吐了千百次的工业废气。人们聚集在城市里，在空气中混淆进数不清的杂质，然后摇摇头说，这样的地方，太不利于健康了。于是就开着汽车，满世界找青山绿水的地方，心安理得地住下来，把新的污染带给那里。

人们本来应该简洁明确地表白自己的内心，这样会避免多少误会，节约多少人生，增进多少了解，加快多少速度啊！但是，不。人们变得虚伪客套、声东击西、云山雾罩，并尊称这些技术技巧为礼仪和外交，让世界变得遮遮盖盖诡谲莫测。于是无数人在这面无法超越的黑斗篷前终生猜谜，并以此形成许多新的职业和窥探的癖好。

也许我们可以对自己精神和物质生活中所需物品的庞大分子分母，来一个约分。本着单纯和必需的原则，把太繁多的精简，把太复杂的摒弃。必需的东西越少，我们的脚步就越轻捷。佛家有一句话，叫“无挂碍物者无恐怖”，不妨借来用，少需要物者少烦恼。因为必需少，所以受限轻。人就获得了更快的行走，更高的飞翔。

单纯这件事，说起来简单，做起来不容易。因为世界上有许许多多的杂质，无时无刻不在腐蚀着单纯。人们往往以为单纯只存在于童贞，如果你在晚年还保有单纯，不是太傻，就是天赐的一种好运气，保佑你未曾遭遇污浊侵袭，所以依旧清澈。

其实，最有力量的单纯，是历练过复杂之后的九九归一，以不变应万变，自身有过滤化解和中和澄清的功能。任你血雨腥风，我自静若处子。心永远清清的，呼吸永远是轻轻的……

感动是一种能力

Gan.Dong.Shi.Yi.Zhong.Neng.Li.

感动在词典上的意思是——“思想感情受外界事物的影响而激动，引得同情或向慕”。虽然我对这本词典抱有崇高的敬意，依然认为这种说法不够精准，甚至有点词不达意。难道感动是如此狭窄，只能将我们引向同情或是向慕的小道吗？这对“感动”来说，似乎不全面、不公平吧？感动比这要丰饶得多，辽阔得多，深邃得多啊。

感动最望文生义最平直的解释就是——感情动起来了。你的眼睛会蒸腾出温热的霞光，你的听觉会察觉远古的微响，你的内心像有一只毛茸茸的小松鼠越过，它纤细而奔跑的影子惊扰你思维的树叶久久还在曳动。你的手会不由自主地出汗，好像无意中捡到了天堂的房卡，你的足弓会轻轻地弹起，似乎想如赤脚的祖先一般迅跑在高原……

感动的来源是我们的感官，眼耳鼻舌身加上触觉和压觉。如果封闭了我们的感官，就戮杀了感动的根，当然也就看不到感动的芽和感动的果了。感官是一群慵懒的小精灵，同样的事物经历得多了，感官就麻痹松懈了。现代社会五光十色瞬息万变，感官更像被塞进太多脂肪的孩子，变得厌食和疲沓。如今人渐渐丧失了感动的能力，感动闪现的瞬间越来越短，感动扩散的涟漪越来越淡。因为稀缺，感动变成了奢侈品。很多人无法享受感动力，于是他们反过来讥讽感动，谄笑感动，把感动和理性对立起来，将感动打入盲目和幼稚的泥沼之中。

感动是一种幸福。在物欲横流的尘垢中，顽强闪现着钻石的瑰彩。当我们为古树下的一株小草绝不自惭形秽，而是昂首挺胸成长而感动的时刻，其实我们想到的是人的尊严。我上小学的时候，在一次考试中，得到了有生以来最差的分数。万念俱灰之时，我看到一只蜘蛛锲而不舍地在织补它残破的网。它已经失败了三次，一次是因为风，一次是因为比它的网要凶猛百倍的鸟，第三次是因为我恶作剧的手。

蜘蛛把它的破坏者感动了，风改了道，鸟儿不再飞过，我把百无聊赖的手握成了拳。我知道自己可以如同它那样，用努力和坚忍弥补天灾人祸，重新纺出梦想。我也曾在藏北雪原仰望浩渺星空而泪流满面，一种博大的感动类似天毯，自九天而下裹挟全身。银河如此浩瀚，在我浅淡生命之前无数年代，它们就已存在，在我生命之后无数年代，它们也依然存在。那么，我的存在又有什么意义呢？在这个惶然的瞬间，我被存在而感动，决心要对得起这稍纵即逝的生命。

我喜欢常常感动的女人，不论那感动我们的起因，是一瓣花还是一滴水，是一个旋转的笑颜还是一缕苍老的白发，是一本举足轻重的证书还是片言只语的旧笺……引发感动的导火索，也许举不胜举，可以有形，也可以是无所不在的氛围和若隐若现的天籁。感动可以骑着任何颜色的羽毛，在清晨或是深夜，不打招呼地就进入了心灵的客厅，在那里和我们的灵魂倾谈。

珍惜我们的感动，就是珍惜生命的零件。在感动中我们耳濡目染，不由自主地逼近那些曾经感动过我们的灵魂。也许有一天，我们也在无意间成了感动的小小源头，淙淙地流向了另一个渴望感动的双眸。

海盗的诗

关于冰岛，所知是那样稀薄。

去之前了解就很少，仅有的印象来自一本有关北欧旅游的书籍。和丹麦、瑞典、挪威、芬兰比起来，冰岛所占的篇幅最少。冰岛人自嘲地说，北欧是五国，但人们常常脱口而出“北欧四国”，连近邻都把冰岛疏忘。

飞机在冰岛机场降落时，我们还穿着从丹麦哥本哈根起飞时的短裤长裙。机翼下工作人员鲜艳的羽绒服，毫不留情地昭示着此地的寒冷。一下飞机，我们忙不迭地在候机厅里把所有的衣服都套在了身上。

其实冰岛给我们的见面礼并不准确，那只是因为来自北极的寒风突然掠过。“冰岛”的名字让人很易产生错觉，好像是万古不化的永冻之地。实际上，冰岛是一片冰与火的交汇地带，有丰富的地热，是火山在冰川下爆发的岛国。冰岛的地形很特殊，在这个七万平方公里的岛上，有两百多座火山，其中三十多座为活火山。全岛四分之三为海拔四百米以上的高原，八分之一为冰川，除此之外，岛上还有大量热泉、间歇泉、冰帽、苔原、冰原、雪峰、火山岩荒漠、瀑布及火山口，是世界上独一无二的地域环境。放眼看去，土地为狰狞的火山熔岩覆盖，仿佛到了月亮背面。

在冰岛的日子始终处在惊奇和快乐之中。回家之后，到一家著名的图书大厦，央告小姐帮我查找关于冰岛的图书（店内的图书查询系统外人不可独自操作）。

电脑运行一番之后，售书小姐告诉我有关冰岛的书籍只有小说集《冰岛渔夫》，还有一些有关冰岛建筑的图片，收在北欧建筑的合集中，此外就是我已经买过的观光手册。关闭查询系统时，小姐很好心地补充了一句：《冰岛渔夫》只剩下两本了，你赶快买吧。

我当即把一位“冰岛渔夫”请回了家，当晚一口气看完。书是好书，关于海洋的描写堪称一绝，只可惜这书既不是冰岛人写的，写的也不是冰岛人。所谓的“冰岛渔夫”，指的不过是在靠近北极海面打鱼的法国人。

在相当长的一段时间内，我见面就问别人有没有关于冰岛的文学作品。我固执地以为，要想真正熟悉一个民族和地域，要去读本土的人所写的小说和诗。比如我们要想了解 18 ~ 19 世纪的俄国和法国，你是看一些当时国民生产总值的数字，还是读托尔斯泰和巴尔扎克呢？想必除了专门的研究家和学者，都会选择后者。

我不是专家，只能走俗人这条路。

沦于百般失望之后，终于有一个朋友告诉我说，她的朋友有一本繁体字本的冰岛诗集，据说这是冰岛古诗唯一的中文译本。我欣喜若狂地借来，指天画地答应一定完璧归赵，又是一口气读完。也许真正的诗人会笑我这种不求甚解的方法，但我饥不择食先睹为快。

为什么对冰岛的文字这般感兴趣？因为冰岛是海盗们开辟的疆土，他们多喜好冒险，勇猛顽强，冲动起来不计后果。

那么，这些海盗们究竟写下了怎样的诗歌？想象中，是横刀跃马劈风斩浪的虎啸龙吟。

北欧的古代文学经典，据说是汗牛充栋。为什么用了“据说”这个词，好像很不肯定似的，不是怀疑北欧有没有那么多的经典，是我们看到的实在太少，译成中文的更是寥若晨星。

为什么北欧古代的文学经典，译成汉语的那样少呢？大概因为那些文章，都是用非常艰涩难懂的古冰岛文字写成的。

现代冰岛文字实系北欧挪威、瑞典、丹麦的古文，也近似于许多西欧国家的古代文字，比如古德文、古英文、古荷兰文等。一千多年以来，北欧和西欧许多国家的语言和文字都发生了翻天覆地的变化，但冰岛文就像苍老的恐龙，仍在火山岩堆积的大地上穿行。

我手中这部著名的诗集，冰岛文的译名是《高者之言》。高者是谁呢？是北欧神话中的主神奥丁，相当于希腊神话中的宙斯或是罗马神话中的朱庇特，也约略相当于咱们神话中的玉皇大帝了。诗集的中译名叫作《海寇诗经》。

海寇就是海盗。

什么是海盗呢？一提到“盗”，我们就会非常鄙夷，但在古希腊那个遥远的年代，欧洲人通常把下海寻求生计的男子称为“海盗”，并把当海盗同从事游牧、农作、捕鱼、狩猎并列为五种基本谋生手段。“海盗”一词在当时并无什么贬义，海盗活动也不被认为可耻，《荷马史诗》中对此有十分明确的记载。

《海寇诗经》形成于公元700年至900年，相当于我们的唐朝。是当年北欧海盗在漫长而艰险的大海航行中，奉为座右铭的精神食粮。在漫漫无际的大海上，正是这些箴言教导给海盗们带来了勇气和智慧，鼓舞着他们冲破重重险阻，层层骇浪，去寻求一个又一个新大陆。

这些诗于是被称为“冰诗”，反映了海盗们的人生观和宇宙观。好了，说了这么多题外之话，还是直接录下难得的冰诗吧。

浅薄受人讥，

智慧得人敬。

居家万事易，

出门知重轻。

相处世人中，

多智多光明。

这首歌的名字就叫作《见世面》。看来当年的海盗们是把见世面当成人生的必修课了。

嘉宾若进门，

排座不可轻。

位置偏而远，

不乐怀闷情。

上座促膝谈，

主雅客来勤。

这首诗的名字就叫作《如何待客》。本以为海盗们是不懂礼貌的窃匪，不想还是如此注重礼节的雅盗。或者说也许海盗们在实践中执行起来会走样，但起码在教育中还是一丝不苟的。

再如：

求知诗

知识是海洋，

宴席亦课堂。

用耳细听取，

用眼学榜样。

君子慎言语，

聆教乃有方。

智者天下行，

钱财存脑中。

愚者行囊重，

困时无所用。

穷汉有头脑，

力量胜富翁。

看来，海盗们还是非常尊重知识并且热爱学习的。想来也是，做一个优异海盗不是一件容易的事情。在许多国家，把“维京人”称作

“海盗”的代名词。一千多年前，维京人驾驶着他们的龙头船，手持矛、剑、战斧等各种武器，以山呼海啸般的猛烈攻势，攻掠从英格兰到苏格兰、爱尔兰、比利时、荷兰、意大利、西班牙、葡萄牙、法国、俄罗斯甚至君士坦丁堡的广大地域。维京人体格高大英俊，通常满面虬髯，胆识过人。他们常年漂流在海上，波涛汹涌、气候恶劣、险象环生，如果他们没有广博的关于天文、地理、气候、人文等方面的知识，大海就成了他们最天然的坟场。所以，在贪财、勇猛、喜欢冒险的天性之外，在他们的血液里非常强烈的征服嗜好之中，也一定注入了对科学和知识滚烫的渴求。

很喜欢这样一首诗：

独立

人生幸福事，

受人宠与赞。

人生不幸事，

处处得依赖。

为人不独立，

沦为小奴才。

有一首诗名叫《不良之举》：

赴宴总唠叨，

话多头脑贫。

瞪眼呈傻态，

说话语不清。

酒盈蠢相露，

枉做文明人。

窃以为以不良之举作为原材料的诗比较少见，北欧海盗大大方方地咏叹起来，透露出他们原本就是不拘常态自成体系的人。特别是被翻译成了咱们的五言绝句式样，看着有趣。

有一首诗，名为《永恒的友谊》，录在这里，和大家共赏。

宝剑酬壮士，

霓裳赠佳人。

华服显友谊，

乡里美言频。

礼尚来而往，

至情万年春。

有一首诗，名字叫《知道命运》：

天才多早夭，
聪明适中好。
命运顺自然，
强求是徒劳。
内心明事理，
安然到老耄。

有一首诗实在聪慧，叫作《三人知，全民知》：

巧妙应答问，
人视为聪明。
秘密若分享，

最多只一人。

泄露二人知，

绝密传全民。

此诗高明处就在于——当我们强调保密的时候，一般是主张“一个都不告诉”。这在理论上当然对于保守秘密是最上策的了，但可惜的是极少有人能做得到。秘密在适宜的温度下，有时会像发酵的面团，如果找不到一个适当的出口，它们会把盛面的盆子掀翻，面粉流淌一地。秘密的力量之大，超乎我们的想象。所以，尽管有那么多的指天盟誓，还是差不多有同样数目的泄露和背叛。寻找一个情感的出口，告知一个朋友，就不会把享有重大秘密的人憋炸了，这是很有策略的方法。

人各有所长

瘸子善骑马，

独臂能牧羊。

聋子勇于战，

眼盲有思想。

身死悲无用，

残者却无妨。

名誉

人死万事空，

唯名传四方。

万灵谁无死，

长生求无望。

存世流美誉，

不朽万年长。

好了，原谅我就暂且引用到这里。也许朋友们会发问，这些古冰诗为什么都是五言六句啊？有没有其他的格式呢？据翻译者王超先生在冰岛首都雷克雅未克所写，《海寇诗经》的韵律，是按照北欧古代诗歌的韵律所成的。每节诗由六行组成，前两行诗以押头韵的方式连在一起。

那什么叫押头韵呢？就是指后一行诗重复前一行诗中的重音节的元音或辅音。若大声朗读起来，诗句余音袅袅，就像有回音似的。译者特别指出，北欧古诗的韵律，若能大声朗诵，回音的效果跌宕起伏极富节奏感。押了头韵之后，重音节和非押韵的重音节形成了抑扬顿挫的效果。

可惜我们不懂古冰岛的原文，也未曾有幸听到人这样吟诵《海寇诗经》，只能在这里以文字来揣摩海寇们的智慧和风采了。

最后，让我以一首海盗们吟咏智慧的诗来作为本文的结束。

论智慧

以火点他火，

两柴共燃烧。

以智启人智，

相磋出高招。

故步知识浅，

谦虚心智昭。

想不到吧？海盗们的诗竟然是这般温文尔雅笑容可掬。既不像英雄史诗，也不像神话传奇，充满了谆谆教诲，甚至有些像处世格言。也许，由于他们攻城略地在行动上自有取之不尽的彪悍与残酷，轮到诉诸文字流传千古的时候，反倒是波澜不惊的从容和安宁了。这在心理学上，叫作“补偿”。温和的民族诗歌中多愤懑和幽怨，真正的勇士们反倒全力彰显柔和。

不同国度和时空的智慧共同燃烧，这也就是旅游和阅读的快意了。

旅游使我们虚心，阅读使我们安静。行路和读书的美丽可杂糅一处，即使是在地老天荒的冰岛，即使是在海盗们的诗行中。

触抚绿色

Chu Fu Lu Se

1998年夏天的许多日子，我在大兴安岭穿行。看到的绿色比有生以来见过的所有绿色，叠到一起还要厚。以前曾到过雪原、海洋、大山大川、沙漠旷野……感慨万千。在自然界的雄奇景观中，与原始森林相见如此之晚，快乐中有大遗憾。

从小在城市，水泥丛中的绿色很窄，享受绿色是很奢侈的事。后来当兵去了藏北，高寒缺氧，荒凉无比，除了冰山戈壁，什么也看不到，绿色便成了一个缥缈的梦想。在大森林里，呼吸到无边无际的绿色，从心灵到皮肤，染成薄荷。

路途艰辛坎坷，几乎是我从高原归来后，最颠簸的一次旅程。乐在思绪轻灵。面对莽莽林海，你会想到远古，祖先曾在这样的密林中生息，飞快地攀援，从猿到人。如今我们会了许多本领，可是我们砍伐森林，恩将仇报。你会想到是做一棵公路边的树，还是做林海中的树？你会想到人也许有前世和再生，也许曾是或将是某种酸甜的野果……

我最喜欢桦木，它的外衣那样洁白，身躯笔直，像一个刚从医学院毕业的实习生，羞怯可爱。后来听说桦木是很低档的材质，除了绿化作用外，早年间最主要的去处就是当柈子烧火用，就很难过。一种有着那么美丽身段的优雅植物，无声无息地化成烟云，真是对造物的大不敬。到了木珠厂，看到女工用桦木的下脚料制成独特的工艺品，把一种大自然的气息留住了，方转悲为喜。我向她们讨了十几枚不同颜色的桦木珠，细致地保存起来。每当手指抚摸那些珠子时，有一种白桦舍利的温润漫至血脉。

还在垃圾堆里捡了一块长约尺把的桦树板皮，想把木面磨光，写上“天道酬勤”，挂在家中电脑对面的墙上，累了的时候养养眼。不料那桦树皮随着我在林区转移，一路晓行夜宿，竟不知遗落在哪处驿站了，一想起来，好心疼。

森林中密集的红松苗，像毛茸茸的小笤帚，扫得胸中一片清凉。熙熙攘攘又恬恬静静的新生之物，充满了生命的单纯，给人以轻捷明朗的快意。

沿松花江逆水而上，面朝岸边逶迤的青山，无言以对，只是呼吸和感受，兀自交融。古人说仁者爱山，智者爱水。在磅礴秀美山水之地，触抚绿色，灵性和力量流淌人心。

在漫山遍野的野花中，有人惊叫发现了野罂粟，我很快地奔过去，近了才知看差了，那不是罂粟而是芍药，若有所失。好在没过多久，善解人意的野罂粟，就很美丽、很俏皮地列队倚在路边。一时大家停步伫望。有人悄声问我：这就是《红处方》中描写的罪恶之花？

我说，先澄清，我不认为罂粟有罪，尤其是野罂粟。它们只是地球上的一种普通植物，生根发芽开花结果。它们无辜，有罪的是人性中的弱点膨胀至邪恶，利用了罂粟。以前只见过人工培植的罂粟，没见过野罂粟，此刻得以亲见，它们和我想象的真是一样，杂在众多的野花中朴素平凡，并无特别勾引人的妖娆。天地贵公平，赏罚应分明。该是人类自己的责任，就勇敢地承当，理性地解决，不要怪罪无知无觉的植物。

仰望苍莽垂直的绿色，难以抑制地想到培育的艰难。长成一棵树的时间，相当于人的一生。对那些珍贵的树种，这时间还远远不够。在大兴安岭阴坡，一棵樟子松需一百五十年才可成材。毁坏一棵树，只消片刻工夫。无论现代科学技术如何发达，比方能把活人送上火星跳舞，但你绝无妙法在十年之内，把一棵美人松的幼苗，催成一柱栋梁。

大兴安岭这名称，也许是“大”“兴”“安”这几个字，给人豪迈宁静之感，好似钢筋铁骨固若金汤。其实环境链相当脆弱，腐殖土层只有半尺薄。一旦砍去林木，水土暴露在空气中，快速流失，砂石崩塌，遗下一堆堆瘌痢头样的岩块，布满苔藓，凄惶得很。看到大兴安岭植被被破坏的情形，心好像被锐指掐住，一缕缕坠血。甚至比看到西北寸草不生的土岭，还要痛楚。那边好歹是旧伤痕，而大兴安岭是新鲜的刚刚骨折的胸膛。听说世代以打猎为主的鄂伦春人，已决定放下最后的猎枪。伐木工人也要渐渐地转成以种树为主了。一位林业工人说，种一棵树，要百年之后才见钱，那时我早已变成老鸹了。在我活着的时候，靠什么过好日子呢？都说森林是城市的肺，大兴安岭向整个北半拉子中国供氧，北京人是不是该给我们付些制氧费？

于是想到格拉丹冬雪山，孕育了长江，应该向我们收水费。北冰洋应该向我们收制冷费。太阳应该向我们收取暖费和照明费。

悲悯生命

Bei Min Sheng Ming

科技发展了，现代人读的是电子读物，乘的是波音飞机。作家，比以前不好当了。你能看到的书，他人也能看到；你能参观的自然景点异域风光，别人也许去得比你更早更多。从前的诗人，骑一小毛驴，走啊走，四蹄就踏出一首千古绝唱。现在你就是跨着登月火箭，也是干抓一把火山灰意兴阑珊地归来。

也许是不自信，我基本上不写游记，不写历史，不写我的时代以外的故事。我将笔触更多地剖犁我所生长的土壤，目光关注于危机四伏的世界。

写作长篇小说，是一个作家的光荣与梦想（我无贬低专写短篇小说的大师的意思）。

几年前，当我决定开始写作生平第一部长篇小说的时候，具体写什么内容，一时拿不定主意。

经过多年储备，很有几份材料，是可以写成长篇小说的。它们像一些元宵的胚芽，小而很有棱角地站在我的糯米面箩里，召唤着我，期待我均匀地摇动它们，让它们身上包裹更丰富的米粉，缓缓地膨胀起来，丰满起来，变得洁白而蓬松，渐渐趋近成品。

委实有些决定不下。想写这个，那个又在诱惑。放下这个，又觉得于心不忍。

后来我很坚决地对自己说，既然对我来说，哪个都敝帚自珍，就想一想更广大的人最迫切需要什么吧。

我是一个视责任为天职的人。这样一比较，对于毒品的痛恨和有关生命的哲学思考，就凸现出来。这根据，也许是我做过多年医生，有着同病人携手与死亡斗争的经历，使我无法容忍任何一丝对生命的漠视与欺骗，也许是我在海拔五千米的藏北高原当兵的十几年生涯，使我痛感生命是那样宝贵与短暂，发誓永远珍爱保卫这单向的航程。

一位屡戒屡吸的女孩对我说，她是因为好奇加无知，才染上毒瘾的。我说，报上不是经常宣传吗，你为什么置若罔闻？她说，我不看报；看了也不信。如果你能写一部非常好看的小说，让更多的人早点读到，也许可以救命。我不相信文学有那么大的效力，就像我当医生的时候，不相信医学可以战胜死亡。但生命本身，就是明知不可为而为之的悲壮过程。我要用我手中的笔，与生命对话。

整个《红处方》的写作，是离开北京，在我母亲家完成的。

有朋友问，你写作此书的时候，是否非常痛苦、沉重？

我说，不是。当我做好准备进入写作状态时，基本上心平气和。我知道要走到哪里去，何地迂回，何地直插，胸中大体有数。

长篇小说是马拉松跑，如果边设计边施工，顿挫无序，是无法完成整体设计的。

每天早晨按时起床，稍许锻炼后，开始劳作，像一个赶早拾粪的老农。母亲为我做好了饭，我不吃，她也不吃。在这样的督促下，我后来才顿顿准时吃得盘光碗净，好像幼儿园的小朋友。

大约三个月后，初稿完成了。我把它养在电脑里，不去看，也不去想。又大约三个月后，最初的痕迹渐渐稀薄，再把初稿调出。陌生使人严格。看自己的东西，好像是看别人的东西，眼光沉冷起来，发现了许多破绽。能补的补，能缝的缝，当然最主要的是删节。删节真是个好帮手，能使弱处藏匿，主旨分明。

书出版后，很多电视台来联系改编电视剧的事，前后有几十家吧。天津电视台的导演和制片人，往返多次，同我谈他们对小说的理解，我被他们的诚意所感动。说，那我就把《红处方》托付给你们了，希望你们郑重地把这件事做好。

我想表达对生命的悲悯和救赎。

Chapter

贰

●

这烟火人间，事事值得

当你能够沉静地坐下来，
目光清澄地注视着对方，
抛弃自己的傲慢和虚荣，
微微前倾你的身姿，
那么你就能听到心与心碰撞的
清脆音响，宛若风铃。

心是一只美丽的小箱子

Xin Shi Yi Zhi Mei Li De Xiao Xiang Zi

小时候上学，很惊奇以“心”为偏旁的字，怎么那么多？比如，念、想、意、忘、慈、感、愁、思、恶、慰、慧……哈！一个庞大的家族。

除了这些安然地卧在底下的“心”以外，还有更多迫不及待站着的“心”。这就是那些带“竖心”旁的字，比如，忆、怀、快、怕、怪、恼、恨、惭、悄、惯、惜……原谅我就此打住，因为再举下去，实在是有卖弄学问和抄字典的嫌疑。

从这些例证，可以想见当年老祖宗造字的时候，是多么重视“心”的作用，横着用了一番还嫌不过瘾，又把它立起来，再用一遭。

其实从医学解剖的观点来看，心虽然极其重要，但它的主要工作，是负责把血液输送到人的全身，好像一台水泵，干的是机械方面的活，并不主管思维。汉字里把那么多情绪和智慧的感受，都堆到它身上，有点张冠李戴。

真正统率我们的思想的，是大脑。

大脑是一个很奇妙的器官。比如学着用“脑海”来描述它，就很有意思。一个脑壳才有多大？假若把它比成一个陶罐，至多装上三四个大“可乐”瓶子的水，也就满满当当了。如果是儿童，容量更有限，没准刚倒光几个易拉罐，就沿着罐子口溢出水来了。可是，不管是成人还是小孩的大脑，人们都把它形容成一个“海”，一个能容纳百川、波涛汹涌的大海。这是为什么？

大脑是我们情感和智慧的大本营，它主宰着我们的思维和决策。它能记住许多东西，也能忘了许多东西。记住什么忘却什么，并不完全听从意志的指挥。比方明天老师要检查背诵默写一篇课文，你反复念了好多遍，就是记不住。就算好不容易记住了，到了课堂上一紧张，得，又忘得差不多了。你就是急得面红耳赤、抓耳挠腮，也毫无办法。若是几个月后再问你，那更是云山雾罩、一塌糊涂。可有些当时只是无意间看到听到的事情，比如路旁老奶奶一句夸奖的话，秋天庭院里一片飘落的叶子，当时的印象很清淡，却不知被谁施了魔法，能像刀刻斧劈一般，永远留在我们记忆的年轮上。

我不知道科学家最近研究出了哪些关于记忆和遗忘的规则，反正以前是个谜。依我的大胆猜测，谜底其实也不太复杂。主管记住什么忘记什么的中枢，听从的是情感的指令。我们天生愿意保存那些美好、善良、友谊、勇敢的事件，不爱记着那些丑恶、虚伪、背叛、怯懦的片段。当然这并不是说人应该篡改真相，文过饰非虚情假意瞎编一气，只是想说明我们的心，好像一只美丽的小箱子，容量有限。当它储存物品的时候，经过了严格的挑选，把那些引起我们忧愁和苦闷的往事，甩在了外面，保留的是亲情和友情。

我衷心希望每个人的小箱子里，都装满光明和友爱。

呵护心灵

He Hu Xin Ling

那一年我十七岁，在西藏雪域的高原部队当卫生兵，具体工作是做化验员。雪山上的条件很差，没有电，许多医学仪器都不能用。化验血的时候，只有凭着眼睛和手做试验，既辛苦，也不易准确。

一天，一个小战士拿了一张化验单找我，要求做一项很特别的检查。医生怀疑他得了一种很古怪的病，这个试验可以最后确诊。

试验的做法是：先把病人的血抽出来，快速分离出血清。然后在56℃的情形下，加温三十分钟。再用这种血清做试验，就可以得出结果来了。

我去找开化验单的医生，说，这个试验我做不了。

医生问：为什么？

我说，你想啊，整整半小时，要求 56℃分毫不差。要是有电暖箱，当然简单了。机器的指针旋钮一应俱全。把温度和时间定死，一按电钮，就开始加温。时间到，红色指示灯就亮了，大功告成。但是没有电，你就抓瞎没办法。我又不能像个老母鸡似的把血标本揣在身上加温。就算我乐意干，人的体温也不到 56℃啊。

医生说，化验员，想想办法吧。要是没有这个化验的结果，一切治疗都是盲人摸象。

我是一个好心加耳朵软的女孩。听了医生的话，本着对病人负责的精神，仔细琢磨了半天，想出一个笨法子，就答应了医生的请求。

那个战士的胳膊比红蓝铅笔粗不了多少，抽血的时候面色惨白，好像是把他的骨髓吸出来了。

前面的步骤都很顺利，我开始对血清加热。

我点燃一盏古老的印度油灯，青烟缭绕如丝，好像有童话从雪亮的玻璃罩子里飘出。柔和的茄蓝色火焰吐出稀薄的热度，将高原严寒的空气炙出些微的温暖。我特意做了一个铁架子，支在油灯的上方。架子上安放一只盛水的烧杯，杯里斜插一根水温计，红色的汞柱好像一条冬眠的小蛇，随着水温的渐渐升高而舒展身躯。

当烧杯水温达到56℃的时候，我手疾眼快地把盛着血清的试管放入水中，然后双眼一眨不眨地盯着温度计。当温度升高的时候，就把油灯向铁架子的边缘移动，当水温略有下降的趋势，就把火焰向烧杯的中心移去，像一个烘烤面包的大师傅，精心保持着血清温度的恒定……

说实话，这个活儿真是乏味透顶。凝然不动的玻璃器皿，枯燥单调地搬移油灯，好像和一个三岁小孩下棋，你既不能赢又不能输，只能像木偶一样机械动作……

时间艰难地在油灯的移动中前进，大约到了第28分钟的时间，一个好朋友推门进了化验室，她看我目光炯炯的样子，大叫了一声说：你不是在闹鬼吧，大白天点了一盏油灯！

我瞪了她一眼说，我是在全心全意地为病人服务，正像孵小鸡一样地给血清加温呢！

她说，什么血清？血清在哪里？

我说，血清就在烧杯里啊。

我用目光引导着她去看我的发明创造。当我注视到水温计的时候，看到红线已经膨胀到70℃的范畴，劈手捞出血清试管，就在我说这一句话的工夫，原来像澄清茶水一般流动的血清，已经在热力的作用下，凝固得像一块古旧的琥珀。

完了！血清已像鸡蛋一样被我煮熟，标本作废，再也无法完成试验。

我恨不得将油灯打得粉碎。但是油灯粉身碎骨也于事无补，我不该在关键的时刻信马由缰。现在面临的问题是我该怎么办？空白化验单像一张问询的苦脸。我不知填上怎样的答案。

最好的办法是找病人再抽上一管鲜血，一切让我们重新开始。但是病人惜血如命，我如何向他解释理由？就说我的工作失误了吗？那是多么没有面子的事情！人人都知道我是一个尽职尽责的好化验员，这不是给自己抹黑吗？

想啊想，我终于设计出了如何对病人说。

我把那个小个子兵叫来，由于对疾病的恐惧，他如惊弓之鸟战战兢兢。

我不看他的脸，压抑着自己的心跳，用一个十七岁女孩可以装出的最大严肃对他说：我已经检查了你的血。可能……

他的脸唰地变成霜地，颤抖着嗓音问，我的血是不是有问题？我是不是得了重病？

等待检查结果的病人都如履薄冰。我虽然年轻，也很懂得利用这种心理。

这个……你知道像这样的检查，应该是很慎重的，单凭一次结果很难下最后的结论……

说完这句话，我故意长时间地沉吟着，一副模棱两可的样子，让他在恐惧的炭火中慢慢煎熬，直到相信自己已罹患重疾。

他瘦弱的头颅点得像啄木鸟，说，我给您添了麻烦，可是得了这样的病，没办法……

我说，我不怕麻烦，只是本着对你负责，对你的病负责，还要为你复查一遍，结果才更可靠。

他苍白的脸立刻充满血液，眼里闪出星星点点的水斑。他说，化验员，真是太谢谢啦，想不到你这样年轻，心地这样好，想得这么周到。

小个子兵说着，几乎是迫不及待地撸起袖子，露出细细的臂膀，让我再次抽他的血。

我心里窃笑着，脸上还做出不情愿的样子，很矜持地用针头扎进他的血管。这一回，为了保险，我特意抽了满满的两大管鲜血，以防万一。

古老的油灯又一次青烟缭绕，我自始至终都不敢大意，终于取得了结果。

他的血清呈阴性反应。也就是说——他没有病。

再次见到小个子兵的时候，他对我千恩万谢。他说，化验员啊，你可真是认真啊。那一次通知我复查，我想一定是我有病，吓死我了。这几天，我思前想后，把一辈子的事都想过了一遍。幸亏又查了一次，证明我没病。你为病人真是不怕辛苦啊！

我抿着嘴不吭声。

后来领导和同志们知道了这件事，都夸我工作认真并谦虚谨慎。

在以后很长的时间里，我都为自己当时的灵动机智而得意。

我的年纪渐长，青春离我远去。机体像奔跑过久的拖拉机，开始穿越病魔布下的沼泽。有一天，当我也面临重病的笼罩，我对最后的化验结果望穿秋水的时候，我才懂得了自己当年的残忍。我对医生的一颦一笑察言观色，我千百次地咀嚼护士无意的话语。我明白了当人们忐忑在生死的边缘时，心灵是多么地脆弱。

为了掩盖自己一个小小的过失，不惜粗暴地弹拨病人弓弦般紧张的神经，我感到深深的懊悔。

假如今天我出了这样的疏忽，我会充满歉意地对小个子兵说：对不起，因了我的粗心，那个试验做坏了。现在我来重新做。

我想他也许会发脾气的，斥责我的不负责任。按照四川人的火爆脾气，大骂几句也有可能。我会安静地倾听他的愤怒，直到他心平气和的那一瞬。我相信他还会撸起袖子，让我从他比红蓝铅笔粗不了多少的胳膊上抽血……也许他会对别人说我是一个蹩脚的化验员，我会微笑着不做任何解释。

我们可以吓唬别人，但不可吓唬病人。当我们患病的时候，精神是一片深秋的旷野。无论多么轻微的寒风，都会引起萧萧黄叶的凋零。

让我们像呵护水晶一样呵护人的心灵。

造心

Zao Xin

蜜蜂会造蜂巢，蚂蚁会造蚁穴。人会造房屋、机器，造美丽的艺术品和动听的歌。但是，对于我们最重要最宝贵的东西——自己的心，谁是它的建造者？

孔雀绚丽的羽毛，是大自然物竞天择造出。白杨笔直刺向碧宇，是密集的群体和高远的阳光造出。清香的花草和缤纷的落英，是植物吸引异性繁衍后代的本能造出。卓尔不群、坚忍顽强的性格，是禀赋的优异和生活的历练造出。

我们的心，是长久地不知不觉地以自己的双手，塑造而成。

造心先得有材料。有的心是用钢铁造的，沉黑无比。有的心是用冰雪造的，高洁酷寒。有的心是用丝绸造的，柔滑飘逸。有的心是用玻璃造的，晶莹脆薄。有的心是用竹子造的，锋利多刺。有的心是用黄连造的，苦楚不堪。有的心是用垃圾造的，面目可憎。有的心是用谎言造的，百孔千疮。有的心是用尸骸造的，腐恶熏天。有的心是用眼镜蛇唾液造的，剧毒凶残。

造心要有手艺。一只灵巧的心，缝制得如同金丝荷包。一罐古朴的心，醇厚得好似百年老酒。一枚机敏的心，感应快捷电光石火。一颗潦草的心，门可罗雀疏可走马。一摊胡乱堆就的心，乏善可陈杂乱无章。一片编织荆棘的心，暗设机关处处陷阱。一道半是细腻半是马虎的心，好似白蚁蛀咬的断堤。一朵绣花枕头内里虚空的心，是假冒伪劣心界的水货。

造心需要时间。少则一分一秒，多则一世一生。片刻而成的大智大勇之心，未必就不玲珑。久拖不绝的谨小慎微之心，未必就很精致。有的人，小小年纪，就竣工一颗完整坚实之心。有的人，须发皆白，还在心的地基挖土打桩。有的人，半途而废不了了之，把半成品的心扔在荒野。有的人，成百里半九十，丢下不曾结尾的工程。有的人，精雕细刻一辈子了，临终还在打磨心的剔透。有的人，粗制滥造一辈子，人未远行，心已灶冷坑灰。

心的边疆，可以造得很大很大。像延展性最好的金箔，铺设整个宇宙，把日月包含。没有一片乌云，可以覆盖心灵辽阔的疆域。没有哪次地震火山，可以彻底颠覆心灵的宏伟建筑。没有任何风暴，可以冻结心灵伸出喷涌的温泉。没有某种天灾人祸，可以在秋天，让心的田野颗粒无收。

心的规模，也可能缩得很小很小，只能容纳一个家，一个人，一粒芝麻，一滴病毒。一丝雨，就把它淹没了。一缕风，就把它粉碎了。一句流言，就让它痛不欲生。一个阴谋，就置它万劫不复。

心可以很硬，超过人世间已知的任何一款金属。心可以很软，如泣如诉、如绢如帛。心可以很韧，千百次的折损委屈，依旧平整如初。心可以很脆，一个不小心，顿时香消玉殒。

造心的时候，可以有很多讲究和设计。

比如预埋下一处心灵的生长点，像一株植物，具有自动修复、自我养护的神奇功能。心受了创伤，它会挺身而出，引导心的休养生息，在最短的时间内，使心整旧如新。

比如高高竖起心灵的避雷针，以便在危急时刻，将毁灭性的灾难导入地下，耐心等待雨过天晴。

比如添加防震防爆的性能，在心灵遭受短时间高强度的残酷打击下，举重若轻，镇定地维持蓬勃稳定。

比如……

优等的心，不必华丽，但必须坚固。因为人生有太多的压榨和当头一击，会与独行的心灵，在暗夜狭路相逢。如果没有精心的特别设计，简陋的心，很易横遭伤害一蹶不振，也许从此破罐破摔，再无生机。没有自我康复本领的心灵，是不设防的大门。一汪小伤，便漏尽全身膏血。一星火药，烧毁绵延的城堡。

心为血之海，那里汇聚着每个人的品格智慧精力情操，心的质量就是人的质量。有一颗仁慈之心，会爱世界爱人爱生活，爱自身也爱大家。有一颗自强之心，会勤学苦练百折不挠，宠辱不惊大智若愚。有一颗尊严之心，会珍惜自然善待万物。有一颗流量充沛羽翼丰满的心，会乘上幻想的航天飞机，抚摸月亮的肩膀。

造心是一项艰难漫长的工程，工期也许耗时一生。通常是母亲的手，在最初心灵的模型上，留下永不消退的指纹。所以普天下为人父母者，要珍视这一份特别庄重的义务与责任。

当以我手塑我心的时候，一定要找好样板，郑重设计，万不可草率行事。造心当然免不了失败，也很可能会推倒重来。不必气馁，但也不可过于大意。因为心灵的本质，是一种缓慢而精细的物体，太多的揉搓，会破坏它的灵性与感动。

造好的心，如同造好的船。当它下水远航时，蓝天在头上飘荡，海鸥在前面飞翔，那是一个神圣的时刻。会有台风，会有巨涛。但一颗美好的心，即使巨轮沉没，它的颗粒也会在海浪中，无畏而快乐地燃烧。

珍惜愤怒

Zhen Xi Fen Nu

小时候看电影，虎门销烟的英雄林则徐在官邸里贴一条幅“制怒”。由此知道怒是一种凶恶而丑陋的东西，需要时时去制服它。

长大后当了医生，更视怒为健康的大敌。师传我，我授人：怒而伤肝，怒较之烟酒对人危害更烈。人怒时，可使心跳加快，血压升高，瞳孔散大，寒毛竖紧……一如人们猝然间遇到老虎时的反应。

怒与长寿，好像是一架跷跷板的两端，非此即彼。

人们渴望健康，人们于是憎恶愤怒。

我愿以我生命的一部分为代价换取永远珍惜愤怒的权利。

愤怒是人的正常情感之一，没有愤怒的人生，是一种残缺。当你的尊严被践踏，当你的信仰被玷污，当你的家园被侵占，当你的亲人被残害，你难道不滋生出火焰一样的愤怒吗？当你面对丑恶面对污秽，面对人类品质中最阴暗的角落，面对黑夜里横行的鬼魅，你难道能压抑住喷薄而出的愤怒吗？！

愤怒是我们生活中的盐。当高度的物质文明像软绵绵的糖一样簇拥着我们的时候，现代人的意志像被泡酸了的牙一般软弱。小悲小喜缠绕着我们，我们便有了太多的忧郁。城市人的意志脱了钙，越来越少倒拔垂杨柳强硬似铁怒目金刚式的愤怒，越来越少见幽深似海水波不兴却积郁极大张力的愤怒。

没有愤怒的生活是一种悲哀。犹如跳跃的麋鹿丧失了迅速奔跑的能力，犹如敏捷的灵猫被剪掉胡须。当人对一切都无动于衷，当人首先戒掉了愤怒，随后再戒掉属于正常人的所有情感之后，人就在活着的时候走向了永恒——那就是死亡。

我常常冷静地观察他人的愤怒，我常常无情地剖析自己的愤怒，愤怒给我最深切的感受是真实，它赤裸而新鲜，仿佛那颗勃然跳动的心脏。

喜可以伪装，愁可以伪装，快乐可以加以粉饰，孤独忧郁能够掺进水分，唯有愤怒是十足成色的赤金。它是石与铁撞击一瞬痛苦的火花，是以人的生命力为代价锻造出的双刃利剑。

喜更像是一种获得，一种他人的馈赠。愁则是一枚独自咀嚼的青橄榄，苦涩之外别有滋味。唯有愤怒，那是不计后果不顾代价无所顾忌的坦荡的付出。在你极度愤怒的刹那，犹如裂空而出横无际涯的闪电，赤裸裸地裸露了你最隐秘的内心。于是，你想认识一个人，你就去看他的愤怒吧！

愤怒出诗人，愤怒也出统帅，出伟人，出大师，愤怒驱动我们平平常常的人做出辉煌的业绩。只要不丧失理智，愤怒便充满活力。

怒是制不服的，犹如那些最优秀的野马，迄今没有任何骑手可以驾驭它们。愤怒是人生情感之河奔泻而下的壮丽瀑布，愤怒是人生命运之曲抑扬起伏的高亢音符。

珍惜愤怒，保持愤怒吧！愤怒可以使我们年轻。纵使在愤怒中猝然倒下，也是一种生命的壮美。

让我们倾听

Rang Wo Men Qing Ting

我读心理学博士方向课程的时候，书写作业，其中有一篇是研究“倾听”。刚开始我想，这还不容易啊，人有两耳，只要不是先天失聪，落草就能听见动静。夜半时分，人睡着了，眼睛闭着，耳轮没有开关，一有月落乌啼，人就猛然惊醒，想不倾听都做不到。再者，我做内科医生多年，每天都要无数次地听病人倾倒满腔苦水，鼓膜都起茧子了。所以，倾听对我应不是问题。

查了资料，认真思考，才知差距多多。在“倾听”这门功课上，许多人不及格。如果谈话的人没有我们的学识高，我们就会虚与委蛇地听。如果谈话的人冗长烦琐，我们就会不客气地打断叙述。如果谈话的人言不及义，我们会明显地露出厌倦的神色。如果谈话的人缺少真知灼见，我们会讽刺挖苦，令他难堪……凡此种种，我都无数次地表演过，至今一想起来，无地自容。

世上的人，天然就掌握了倾听艺术的人，可说凤毛麟角。

不信，咱们来做一个试验。

你找一个好朋友，对他或她说，我现在同你讲我的心里话，你却不要认真听。你可以东张西望，你可以搔首弄姿，你也可以听音乐梳头发干一切你忽然想到的小事，你也可以王顾左右而言他……总之，你什么都可以做，就是不必听我说。

当你的朋友决定配合你以后，这个游戏就可以开始了。你必要拣一件撕肝裂胆的痛事来说，越动感情越好，切不可潦草敷衍。

好了，你说吧……

我猜你说不了多长时间，最多三分钟，就会鸣金收兵。无论如何你也说不下去了。面对着一个对你的疾苦、你的忧愁无动于衷的家伙，你再无兴趣敞开襟怀。不但你缄口了，而且你感到沮丧和愤怒。

你觉得这个朋友愧对你的信任，太不够朋友。你决定以后和他渐疏渐远，你甚至怀疑认识这个人是不是一个错误……

你会说，不认真听别人讲话，会有这样严重的后果吗？我可以很负责地告诉你，正是如此。有很多我们丧失的机遇，有若干阴差阳错的信息，有不少失之交臂的朋友，甚至各奔东西的恋人，那绝缘的起因，都系我们不曾学会倾听。

好了，这个令人不愉快的游戏我们就做到这里。下面，我们来做一个令人愉快的活动。

还是你和你的朋友。这一次，是你的朋友向你诉说刻骨铭心的往事。请你身体前倾，请你目光和煦。你屏息关注他的眼神，你随着他的情感冲浪而起伏。如果他高兴，你也报以会心的微笑。如果他悲哀，你便陪伴着垂下眼帘。如果他落泪了，你温柔地递上纸巾。如果他久久地沉默，你也和他缄口走过……

非常简单。当他说完了，游戏就结束了。你可以问问他，在你这样倾听他的过程中，你感到了什么？

我猜，你的朋友会告诉你，你给了他尊重，给了他关爱。给他的孤独以抚慰，给他的无望以曙光。给他的快乐加倍，给他的哀伤减半。你是他最好的朋友之一，他会记得和你一道度过的难忘时光。

这就是倾听的魔力。

倾听的“倾”字，我原以为就是表示身体向前斜着，用肢体语言表示关爱与注重。翻查字典，其实不然，或者说仅仅做这样的理解是不够全面的。倾听，就是“用尽力量去听”。这里的“倾”字，类乎倾巢出动，类乎倾箱倒箧，类乎倾国倾城，类乎倾盆大雨……总之，殚精竭虑毫无保留。

可能有点夸张和矫枉过正，但倾听的重要性我以为必须提到相当的高度来认识，这是一个人心理是否健康的重要标志之一。人活在世上，说和听是两件要务。说，主要是表达自己的思想情感和意识，每一个说话的人都希望别人能够听到自己的声音。听，就是接收他人描述内心想法，以达到沟通和交流的目的。听和说像是鲲鹏的两只翅膀，必须协调展开，才能直上九万里。

现代生活飞速地发展，人的一辈子，再不是蜷缩在一个小村或小镇，而是纵横驰骋漂洋过海。所接触的人，不再是几十一百，很可能成千上万。要在相对短暂的时间内，让别人听懂了你的话，让你听懂了别人话，并且在两颗头脑之间产生碰撞，这就变成了心灵的艺术。

现今励志的书很多，教你怎样展现自我优点，怎样在第一时间给人一个好印象，怎样通过匪夷所思的面试，怎样追逐一见钟情的异性……都有不少绝招。有人就觉得人际交往是一个充满了技术的领域，可以靠掌握若干独门功夫就能翻云覆雨的领域。其实，享有好的人际关系，学会交流，听比说更重要。

从认得发展顺序来看，我们是先学着听。我之所以用了“学着”这个词，是指如果没有系统的学习，有人可能终其一生，都没能学会如何“听”。可以听到雪落的声音，可他感觉不到肃穆。他可以听到儿童的笑声，可他感受不到纯真。她可以听到旁人的哭泣，却体察不到他人的悲苦。她可以听到内心的呼唤，却不知怎样关爱灵魂。

从婴儿开始，我们就无意识地在听。听亲人的呼唤，听自然界的风雨，听远方的信息，听社会的约定俗成。这是一种模糊的天赋，是可以发扬光大也可以湮灭无闻的本能。有人练出了发达的听力，有人干脆闭目塞听。有很多描绘这种状态的词语，比如“充耳不闻”“置若罔闻”……对“闻”还有歧视性的偏见，比如“百闻不如一见”。

听是需要学习的。它比“说”更重要。如果我们没有听到有关的信息，我们的“说”就是无的放矢。轻率的人，容易下车伊始就哇里哇啦地说，其实沉着安静地听，是人生的大境界。

只有认真地听，你才能对周围有更确切感知，才能对历史有更深刻把握，才能把他人的智慧集于己身，才能拓展自己的眼界和胸怀。

读书是一种更广义的倾听。你借助文字，倾听已逝哲人的教诲。你借助翻译，得知远方异族的灵慧。

倾听使人生丰富多彩，你将不再囿于一己的狭隘贝壳，潜入浩瀚的深海。倾听使人谦虚，知道山外有山，天外有天。倾听使人安宁，你知道了孤独和苦难并非只莅临你的屋檐。倾听使人警醒，你知道此时此刻有多少大脑飞速运转，有多少巧手翻飞不息。

倾听着是美丽的。你因此发现世界是如此五彩缤纷。倾听是幸福的一种表达，因为你从此不再孤单。

倾听是分层次的。某人在特定的时刻，讲了特定的话。只有当我们心静如水，才能听到他的话后之话。年轻人最易犯的毛病是——他明白所有倾听的要素，也懂得做出倾听的姿势，其实呢，他在想着自己待会儿要说的话。他关注的不是述说者，而是自己。“佯听”是很容易露馅的，只要他一开口讲话，神游天外的破绽就败露了。两个面对面述说的人，其实是最危险的敌人。一切都被心灵记录在案。

倾听是老老实实的活儿，来不得半点虚假和做作。倾听是对真诚直截了当的考验。所以，如果你不想倾听，那不是罪过。如果你伪装倾听，就不单是虚伪，而且是愚蠢了。

当我深刻地明白了倾听的本质而不是仅仅把它当成讨好的策略后，倾听就向我展示了它更加美丽的内涵，它无处不在，息息相关。如果你谦虚，以万物为师长，你会听到松涛海啸雪落冰融，你会听到蚂蚁的微笑和枫叶的叹息。如果你平等待人，你的耐心就有了坚实的基础，你可以从述说者那里获得宝贵的馈赠。这就是温暖的信任和支撑。

年轻的朋友们，让我们学会倾听吧。当你能够沉静地坐下来，目光清澄地注视着对方，抛弃自己的傲慢和虚荣，微微前倾你的身姿，那么你就能听到心与心碰撞的清脆音响，宛若风铃。

写下你的墓志铭

Xie Xia Ni De Mu Zhi Ming

那一年，我和朋友应邀到某大学演讲，关于题目，校方让我们自选，只要和青年的心理有关即可。朋友说，她想和学生们谈谈性与爱。这当然是一个极为重要的问题，只是公然把“性”这个词，放进演讲的大红横幅中，不知校方可会应允？变通之法是将题目定为“和大学生谈情与爱”，如求诙谐幽默，也可索性就叫“和大学生谈情说爱”。思索之后，觉得科学的“性”，应属光明正大范畴，如我们的老祖宗说过的“食色性也”，是人的正常需求和青年必然遭遇之事，不必遮遮掩掩。把它压抑起来，逼到晦暗和污秽之中，反倒滋生蛆虫。于是，朋友就把演讲题目定为“和大学生谈性与爱”。这期间我们也有过小小的讨论，是“性”字在前，还是“爱”字在前？商量的结果是“性”字在前。不是哗众取宠，觉得这样更符合人的进化本质。

感谢学校给予我们的信任和支持，朋友的演讲题目顺利通过了。但紧接着就是我的题目怎样与之匹配？我打趣说，既然你谈了性与爱，我就成龙配套，谈谈生与死吧。半开玩笑，不想大家听了都说“OK”，就这样定了下来。

我就有些傻了眼。不知道当今的年轻人对“死亡”这个遥远的话题是否感兴趣。通常人们想到青年，都是和鲜花绿草、黑发红颜联系在一起，与衰败颓弱委顿凄凉的老死似乎毫不相干。把这两极牵扯一处，除了冒险之外，我也对自己的能力深表怀疑。

死是一个哲学命题，有人戏说整个哲学体系，就是建立在死亡的白骨之上。我深知自己不是一个哲学家，思索死亡，主要和个人惧怕死亡有关。在我四五岁时，一次突然看到路上有人抬着棺材在走。我问大人，这个盒子里装着什么？人家答道，装了一个死人。当时我无法理解死亡，只觉得棺材很小，一个人躺在里面，蜷起身子像个蚕蛹，肯定憋得受不了……于是小小的我，产生了对死亡的惊奇和混乱。这种惊奇混乱使我在相当一段时间内对死亡很感兴趣。我个人有着数十年从医经历，在和平年代，医生是一个和死亡有着最亲密接触的职业。无数次陪伴他人经历死亡，我不能对这种重大变故无动于衷。还有很重要的一点，就是十几岁就到了西藏，那里严酷的自然环境和孤寂的旷野冰川，让我像个原始人似的，思索着人从哪里来，要到哪里去这类看似渺茫的问题。

反正由于我脱口而出的一句话，演讲题目就这样定了下来，无法反悔。我只有开始准备资料。

正式演讲的时候，我心中忐忑不安。会场设在大礼堂，两千多座位满满当当，过道和讲台上都有学生席地而坐。题目沉重，我特别设计了一些互动的游戏，让大家都参与其中。

演讲一开始，我做了一个民意测验。我说大家对“死亡”这个题目是不是有兴趣，我心里没底。我不知道有多少人在看到这个题目之前，思索过死亡。

此语一出，全场寂静。然后，一只只臂膀举了起来，那一瞬，我诧异和讶然。我站在台上，可以纵观全局，我看到几乎一半以上的青年人举起了手。我明白了有很多人曾经认真地想过这个问题，比我以前估计的概率要高很多。后来，我还让大家做了一个活动——书写自己的墓志铭。有几分钟的时间，整个会堂安静极了，谁要是那一刻从外面走过，会以为这是一间空室，其实数千莘莘学子正殚精竭虑思考人生。从讲台俯瞰下去（我其实很不喜欢这种高高在上的讲台，给人以压迫之感。我喜欢平等的交谈。不单是态度上，而且在地理位置上，大家也可平视。但校方说没有更合用的场地了），很多人咬着笔杆，满脸沧桑的样子。我很抱歉地想到这个不祥的题目，让风华正茂的青年人提前——老了。

大约五分钟之后，台下的脸庞如同葵花般地仰了起来。我说："写完了吗？"

齐声回答：“写完了。”

我说：“好，不知有没有哪位同学，愿意走到台上，面对着老师和同学，念出自己的墓志铭？”

出现了一片海浪中的红树林。我点了几位同学，请他们依次上来。但更多的臂膀还在不屈地高举着，我只好说：“这样吧，愿意上台的同学就自动地在一旁排好队。前边的同学念完之后，你就上来念。先自我介绍一下，是哪个系哪个年级的，然后朗诵墓志铭。”

那一天，大约有几十名同学念出了他们的墓志铭，后来，因为想上台的同学太多，校方不得不出动老师进行拦阻。

这次讲演，对我的教育很大。人们常常以为，死亡是老年人才需要考虑的问题，这是误区。人生就是一个向着死亡的存在，在我们赞美生命的美丽、青春的活力的时候，我们其实就是肯定了死亡的必然和老迈的合理性。试想一下，如果没有死亡，地球上早被恐龙霸占着，连猴子都不知在哪里哭泣，更遑论人类的繁衍！

从我们每个人一出生，生命之钟的倒计时就开始了。当我写下这些字迹的时候，我就比刚才写下题目的时刻，距离自己的死亡更近了一点。面对着我们生命有一个大限存在这样一个残酷的事实，无论是年老和年轻，都要直面它的苛求。

现代生活节奏越来越快，我们独处的空间越来越逼仄，思索的时间越来越压缩。但死亡并不因为我们的忙碌而懈怠，它步履坚定地持之以恒地向我们走来。现代医学把死亡用白色的帷帐包裹起来，让我们不得而知它的细节，但死亡顽强前进，它是无所不能的，没有任何力量能够抗拒它。

一个人年轻的时候就思索死亡，和他老了才思索死亡，甚至明知死到临头都不曾思索过死亡，这是完全不同的境界。知道有一个结尾在等待着我们，对生命的宝贵，对光明的求索，对人间温情的珍爱，对丑恶的扬弃和鞭挞，对虚伪的憎恶和鄙意，都要坚定很多。

那天在礼堂的讲台上，有一段时间，我这个主讲人几乎完全被遗忘了，一个又一个年轻的生命为自己设计的墓志铭，将所有的心震撼。

有一个很腼腆的男孩子说，在他的墓志铭上将刻下 这里长眠着一位中国籍的诺贝尔奖获得者。

台下响起了热烈的掌声。我想，不管他一生是否能够真正得到这个奖章，但他的决心和期望，已经足够赢得这些掌声。

一个清秀的女孩子说，她的墓志铭上将只有一行字：一位幸福的女人。

还有一个男生说：“我的墓志铭上会写着——我笑过，我爱过，我活过……”

这些年轻的生命，因为思索死亡而带给了自己和更多人力量。

无数生命的演变，才有了我们的个体。在这一点上，我们不单要感谢我们的父母，而且要感谢我们的祖先。感谢地球，感谢进化所走过的漫漫历程。当我们有了生命之后，我们在性的基础之上，繁衍出了爱。爱情是独属于人类的精神瑰宝，它已从单纯的生殖目的，变成了两性身心融汇的最高境地。然而在这一切之上，横亘着死亡。死亡击打着生命，催促着生命，使我们必须审视生命的意义。

后来，我还在一些场合做过相关的演说。我在这里抄录一些年轻人留下的墓志铭，他们让我进一步认识到了讨论死亡对于一个健康心理的建设，是多么重要。

“这里安息着一个女子，她了结了她人生的愿望，去了另外的世界，但在这里永生。她的一生是幸福的一生，快乐的一生，也是贡献的一生，无憾的一生。虽然她长眠在这里，但她永远活着，看着活着的人们的眼睛。”

“高尚是高尚者的通行证。”

“我不是一颗流星。”

“生是死的开端，死是生的延续。如果我五十岁后死，我会忠孝两全。为祖国尽忠，为父母尽孝。如果我五年后死去，我将会为理想而奋斗。如果我五个月后死去，我将以最无私的爱善待我的亲人和朋友。如果我五天后死去，我将回顾我酸甜苦辣的人生。如果我五秒钟后死去，我将向周围所有的人祝福。”

怎么样？很棒，是不是？

按照哲学家们的看法，死亡的发现是个体意识走向成熟的必然阶段。一个人的心理健康，更是和他的生命观念、死亡观念息息相关。你不能设想一个对自己没有长远规划的人，会有坚定、健全、慈爱的心理。如果说在以上有关死亡的讨论中，我对此还有什么遗憾的话，就是年轻人普遍把自己的生命时间定得比较短。常有人说，我可不喜欢自己活太大的年纪，到了四五十岁就差不多了。包括现在有些很有成就的业界精英，撰文说自己三十五岁就退休，然后玩乐。因为太疲累，说说气话，是可以理解的。但认真地策划自己的一生，还是要把生命的时间定得更长远一些，活得更从容，面对死亡的限制，把自己的一生渲染得瑰丽多彩。

谈怕

Tan Pa

“怕”好像历来是个贬义词。怕什么？别怕！天不要怕，地不要怕……好像不怕才是人生的大境界。

其实人的一生总要怕点什么，这就是中国古代说的“相克”。金木水火土，都是有所怕的东西。要是不相克，也就没有了相生，宇宙不就乱了套？

人小的时候，怕父母。俗话说衣食父母，我的理解就是衣食来自父母。要是父母火了，不给你吃，不给你穿，你就丧失了基本的生存条件，饥寒交迫地活不下去了，还谈什么别的？所以父母叫你上学你就得上学，叫你成绩好你就得努力。要是一个人从小对慈爱他的父母没有畏惧之心（不是害怕他们本人，而是怕惹他们生气），没有讨他们欢喜之心，那这个人长大了，多半要成为不法之徒。

渐渐大起来，就怕老师，怕上级，怕官怕权……总之是怕比自己更有力量的人。我想这不单是一种懦弱，而是弱小动物生存的本能。想我们人类的祖先，不过是些猴子，虽说脑子还算得上机敏，体力实属一般。在漫长的动物排行榜上，只能列在中档靠下的位置。假若什么都不怕，早就被老虎、狮子、大蟒蛇饕餮了。所以“怕”是一种集体无意识，怕是正常的，不怕却是需要锻炼的事。

怕是一件有理的事，每个人都生活在立体空间，上下左右都是掣肘。人上有人，天外有天，总有东西笼罩在你的脑瓜顶。你可以完全不考虑下情，也可以咬着牙不理睬左邻右舍，但你得“惧上”，否则你的位置就保不住了。所以那个无所不在、无所不能的领袖叫作“上帝”。

人须怕法，那是众人行事的准则。人还须怕天，那是自然界运行的规律。怕是一个大的框架，在这个范畴里，我们可以自由活动。假如突破了它的边缘，就成了无法无天之徒，那是人类的废品。

人有最终的一怕，就是死。因为死去的人都不曾回来告诉我们那边的情形，所以我们并不确切地知道死亡是怎样一回事，我们只是盲目地怕着，我们怕的实际是一种未知的状态。人们怕死，很大的一部分是怕痛。要说死其实一点也不痛，就像在沙滩上晒太阳，暖烘烘地就过去了，怕的人一定少得多。再有怕也是怕比的，假如你活得苦不堪言，所有的感官都用来感受痛苦，在怕活和怕死之间，自然也两怕相权取其轻了。因此那极怕死之人，多是很富贵、很安逸、很猖獗、很凌驾一切的显赫。不信你看历代的皇帝，都孜孜不倦地追寻长生不老的仙丹。

女人还有一怕，就是怕老。所以各色美容护肤的佳品层出不穷，种种秘不传人的方子被奉若神明。这一怕的核心是怕时间。世上有许多东西是可以对抗的，唯有时间你不可战胜。可怜的女人的这个与生俱来的恐惧，注定无法消除。没有哪一种胭脂可以涂抹时间，女人只好永远地怕下去，除非你不在意衰老。

怕虽有理，却并非总是有利。怕的直接决策是躲，但躲不过的时候，就只有迎头而上。古人所有教诲我们不要怕的语录，就发生在这一时刻。民不畏死，何以惧之？将对最大的未知的恐惧置之度外，所有已知的苦难都不在话下，这个人的战斗力实不可低估。

但不怕死的人，也仍有一怕，那就是怕自己。死和你作对，只有一次。自己要和你作对，会有无数次的机会。胜利的时候，它会让你骄傲。失败的时候，它诱你气馁。贫困的时候，它指使你堕落。饱暖的时候，它敦促你放荡……自己的实质是欲望。欲望使我们勇敢，欲望也使我们迷失。

人生的发展，一是因了爱好，一是因了惧怕。前者，比如音乐，它并没有更实际的用途，而只是使我们愉悦。那些更实用的发明创造，基本上缘于“怕”。因为怕寒冷，人们发明了衣服、房屋、火炉；因为害怕热，人们发明了扇子、草帽、空调器；因为害怕走路，人们发明了汽车、火车、飞机；因为害怕病痛，人们发明了中药、西药、X光、B超；因为害怕地球的孤独，人们向茫茫宇宙进行探索；因为害怕自身的衰退，人们不断高扬精神的旗帜……害怕实在是人类文明进步的助产婆。今后谁知道因了害怕，人类还将诞育多少温馨的婴儿，人类还将补充多少伟大的发明！

我们每个人的心里，都有一个害怕的场。这个场，不要太大，那我们畏畏葸葸，就太委屈了自己的岁月。这个场，也不可太小，太小了就容易人在边缘，演出不该上演的节目。它需不大也不小，够我们驰骋如烟的想象，够我们度过无悔的人生。

Chapter

叁

●

泥沙
俱下地
生活

如果你珍惜生命，
就不必因为小的苦恼
而厌倦生活。
因为泥沙俱下
并不完美的生活，
正是组成宝贵生命的原材料。

自拔

Zi Ba

自己把自己拔出来——我喜欢“自拔”这个词。不是跳出来或是爬出来，而是“拔”。小时候玩过拔萝卜的游戏，那是要一群小朋友化装成动物，齐心合力才能完成的事业。现代人常常陷在压力的泥沼中，难以享受生活的美好。把自己从压力中拔出来，也是一个系统工程。

压力本是一个物理词汇，比如气压、水压、风压……推广开来，医学上有“血压、脑压、颅内压”等，多属于专业领域，不料如今风云突变，压力成了高频词。生活有压力，经济有压力，学业有压力，晋升有压力，人际关系有压力，情感世界有压力，婚姻也有压力……人们在交谈中，无不涉及林林总总的压力。压力像打翻了的汽油桶，弥散到现代人生活的各个领域，散发着浓烈的气味。我们躲不胜躲，防不胜防，不定在哪个瞬间，就燃起火焰。

其实适当的压力，是保持活性的重要条件。如果空气没有了压力，我们的呼吸就会衰竭。如果血液没有了压力，我们的四肢就会瘫痪。如果水管子没有了压力，那结果之伤感是任何一个住在高层楼房的人士都噤若寒蝉的，你将失去可饮可用的清洁之水。20 世纪的石油英雄王铁人也说过“井无压力不出油，人无压力不进步”的豪言壮语。

只是这压力须适度。比如冬日里柔柔的阳光照在身上，这是一种轻松的压力，让我们温暖和振奋。设想这压力增加十倍，那基本上就成了吐鲁番酷热的夏季，大伙只有躲到地窖里才能过活。假如这压力继续增加，到了一百倍、一千倍的强度，结果就是焦炭一堆了。

现代人常常陷于压力构建的如焚困境之中。也许是某一方面的压力过强，也许是许多方面的压力综合在一起。如是后者，单独究其某一方面的压力，强度尚可容忍，但积少成多日积月累，细微的压力堆积起来，就成了如山的重负。金属都有疲劳的时候，遑论血肉之躯？如不减压，真怕有一天成了齑粉。

如果你因压力忙到无力自拔，忙到昏天黑地，忘记了自己的生日和家人的团聚，忘掉了自己如此辛辛苦苦究竟是为了什么，如果你想改变，就试着了解压力吧。寻找压力的种种成因，为扑朔迷离、捉摸不定的压力画像，澄清了我们对压力的模糊和迷惘之处，让折磨我们的压力毒蛇从林莽之中现形，让我们对压力的全貌和运转的轨迹，有较为详尽的了解。中国的兵法上有句古话，叫作“知己知彼，百战不殆”，当你认识到了你所承受的压力的强度和种类，在某种程度上我们就已经钉住了压力的七寸。

明白了压力的起承转合，找到了适合自己的减压方式之后，你的呼吸就会轻松一点，胸中的块垒也会松动出些微的空隙。坚持下去，持之以恒，你就会一寸寸地脱离沉重压力的吸附，把自己成功地拔了出来。也许在某一个清晨醒来的时候，你突围而出，像蝴蝶一样飞舞。

有一天，我收到了一封读者来信，撕开之后，落下来一张照片。先看了照片，没什么特别的感觉，待看了信件之后，心脏的部位就有些酸胀的感觉。我赶快伏案，写了一封回信（是手写的，不是用电脑打出来的。我在回信这件事上，总是顽固地坚持手工操作）。现在征得那位女孩子的同意，把她的信和我的回复一并登出来，但愿她的父母会看到。

毕阿姨：您好！

我有一个痛彻心扉的问题。我的爸爸妈妈都长得很好看，简直就是美女和帅哥的超级组合（他们那个年代还没有这样时髦的词，好像用的是“秀丽”和“精干”这两个形容词）。人们都以为他们会生出一个金童玉女来，可惜我就恰恰取了他们的缺点组合在一起了，长得一点也不漂亮。我从小就习惯了人们见到我时的惊讶——呦，这个小姑娘长得怎么一点也不像她的爸爸妈妈啊！最令人伤感的是，我爸爸妈妈也经常会这么说，同时面露极度的失望之色。为此，我非常难过，也不愿和他们在一起走。现在唯一的希望就是他们快快老起来，那时候，他们就不会太好看了，而我还年轻，岂不是可以弥补一下先天的不足啊？您说呢？寄上一张我的照片，但愿不会吓着您。

肖晓：您好！

我看到了你寄来的照片，情况不像你说的那样悲惨啊！相片上，你是一个很可爱、很阳光的少女哦！也许你的父母真是美男子和美女的超级组合（遗憾你没有寄来一张合影，那样的话，我也可以养养盯着电脑太久而昏花的双眼了），在这样的父母笼罩之下，真是很容易生出自卑的感觉，此乃人之常情，你不必觉得是自己的错。不过，如果你的父母也这样埋怨你，你尽可以据理力争。找一个至爱亲朋大聚会的场合，隆重地走到众人面前，一本正经地说，嗨，大家请注意，我是一件产品，内在的质量还是很好的，至于外表，那是把我制造出来的设计师的事，你们如果有意见，就找他们去提吧，或者把产品退回去要求返修，把外观再打磨一下。但愿当你说完这番话之后，大家就会面面相觑，微笑着不再说什么了。

人们总是非常愿意评价他人的长相，有时单凭长相就在第一时间做出若干判断。这也许是从远古时代就流传下来的一种近乎本能的习惯，那时候的人会凭借着长相，判断对方和自己是不是同属于一个部落和宗族，是不是有良好的营养和体力，甚至性情和脾气也能从面部皱纹的走向看出端倪来。现代人有了很多进步，但在以貌取人这方面，基本上还在沿用旧例，改变不大。有一句流传很广的话是这样说的——人的长相这件事，在三十五岁之前是要父母负责的，但在三十五岁之后，就要自己负责了。我有时在公园看到面目慈祥很有定力的老女人，心中就会充满了感动。要怎样的风霜才能勾勒出这样的线条和风采，我们看到的不再是先天的美貌桑叶，它们已经被岁月之蚕噬咬得只剩下筋络，华贵属于天地的精华和不断蜕皮的修炼。

从相片上看你还很年轻，长相的公案，目前就推给你的父母吧。我希望你健康地成长，但中年以后的事，恐怕就要你自己负责了。如果你实在不想再听这些议论了，唯一的办法就是找到一卷无边无际的胶带，牢牢地糊住他们的嘴巴。看到这里，我猜你会说，你开的这个方子好是好，可我现在到哪里去找那卷无边无际的胶带呢？就是找到了，我能不能买得起？

这卷胶带在哪里，我也不知道。它是怎样的价钱，我也不知道。找找看吧，到网上搜索一番，请大家一齐帮忙找。如果实在是上穷碧落下黄泉也找不到，就只有最后一个法子，那就是让人们说去吧，你可以我行我素，依然快乐和努力地干自己想干的事。

祝你鸡年好！

毕淑敏

X年X月X日

心理拒绝创可贴

Xin Li Ju Jue Chuang Ke Tie

我有过若干次演讲的经历，在北大和清华，在军营和监狱，在农村土坯搭建的课堂和美国最奢华的私立学校……面对从医学博士到纽约贫民窟的孩子等各色人群，我都会很直率地谈出对问题的想法。我的记忆中，有一次的经历非常难忘。

那是一所很有名望的大学，约过我好几次了，说学生们期待和我进行讨论。我一直推辞，我从骨子里不喜欢演说。每逢答应一桩这样的公差，就要莫名地紧张好几天。但学校方面很执着，在第 N 次邀请的时候说：该校的学生思想之活跃甚至超过了北大，会对演讲者提出极为尖锐的问题，常常让人下不了台，有时演讲者简直是灰溜溜地离开学校。

听他们这样一讲，我的好奇心就被激励起来，我说，我愿意接受挑战。于是，我们就商定了一个日子。

那天，大学的礼堂挤得满满，当我穿过密密的人群走向讲台的时候，心里涌起怪异的感觉，好像是“文革”期间的批斗会场，不知道今天将有怎样的场面出现。果然，从我一开始讲话，就不断地有条子递上来，不一会儿，就在手边积成厚厚一堆，好像深秋时节被清洁工扫起的落叶。我一边讲课，一边充满了猜测，不知树叶中潜伏着怎样的思想炸弹。讲演告一段落，进入回答问题阶段，我迫不及待地打开了堆积如山的字条，一张张阅读。那一瞬，台下变得死寂，偌大的礼堂仿若空无一人。

我看完了字条，说，有一些表扬我的话，我就不念了。除此之外，字条上提的最大的问题是——“人生有什么意义？请你务必说真话，因为我们已经听过太多言不由衷的假话了。”

我念完这个字条以后，台下响起了掌声。我说你们今天提出这个问题好，我会讲真话。我在西藏阿里的雪山之上，面对着浩瀚的苍穹和壁立的冰川，如同一个茹毛饮血的原始人，反复地思索过这个问题。我相信，一个人在他年轻的时候，是会无数次地叩问自己——我的一生，到底要追索怎样的意义？

我想了无数个晚上和白天，我终于得到了一个答案。今天，在这里，我将非常负责地对大家说，我思索的结果是：人生是没有任何意义的！

我这句话说完，全场出现了短暂的寂静，如同旷野。但是，紧接着，就响起了暴风雨般的掌声。

那是我在讲演中获得的最热烈的掌声。在以前，我从来不相信有什么“暴风雨”般的掌声这种话，觉得那只是一个拙劣的比喻。但这一次，我相信了。我赶快用手做了一个“暂停”的手势，但掌声还是绵延了若干时间。

我说，大家先不要忙着给我鼓掌，我的话还没有说完。我说人生是没有意义的，这不错，但是——我们每一个人要为自己确立一个意义！

是的，关于人生的意义的讨论，充斥在我们的周围。很多说法，由于熟悉和重复，已让我们从熟视无睹滑到了厌烦。可是，这不是问题的真谛。真谛是，别人强加给你的意义，无论它多么正确，如果它不曾进入你的心理结构，它就永远是身外之物。比如我们从小就被家长灌输过人生意义的答案。在此后漫长的岁月里，谆谆告诫的老师和各种类型的教育，也都不断地向我们批发人生意义的补充版。但是，有多少人把这种外在框架，当成了自己内在的标杆，并为之下定了奋斗终生的决心？

那一天结束演讲之后，我听到有同学说，他觉得最大的收获是听到一个活生生的中年人亲口说，人生是没有意义的，你要为之确立一个意义。

其实，不单是中国的青年人在目标这个问题上飘忽不定，就是在美国的著名学府哈佛大学，也有很多人无法在青年时代就确立自己的目标，我看到一则材料，说某年哈佛的毕业生临出校门的时候，校方对他们做了一个有关人生目标的调查。结果是 27% 的人，完全没有目标。60% 的人目标模糊。10% 的人有近期目标。只有 3% 的人，有着清晰而长远的目标。

二十五年过去了，那 3% 的人不懈地朝着一个目标坚忍努力，成了社会的精英，而其余的人，成就要相差很多。

我之所以提到这个例子，是想说明在人生目标的确立上面，无论中国还是外国的青年，都遭遇到了相当程度的朦胧或是混沌状态。有人会说，是啊，那又怎么样？我可以一边慢慢成长，一边寻找自己的人生意义啊。我平日也碰到很多青年朋友，诉说他们的种种苦难。我在耐心地听完那些折磨他们的烦心事之后，把他们渴求帮助的目光撇在一旁，我会问，你的人生目标是什么呢？

他们通常会很吃惊，好像怀疑我是否听懂了他们的愁苦，甚至恼怒我为什么对具体的问题视而不见，而盘问他们如此不着边际的空话。更有甚者，以为我根本就没有心思听他们说话，自己胡乱找了个话题来搪塞。

我会迎着他们疑虑的目光，说，请回答我的这个问题，你为什么而活着呢?

年轻人一般会很懊恼地说，这个问题太大了，和我现在遇到的事没有一点关联。我会说，你错了。世上的万事万物都有关联。有人常常以为心理上的事只和单一的外界刺激有关，就事论事，其实心理和人生的大目标有着纲举目张的紧密接触。很多心理问题，实际上都是人生的大目标出现了混乱和偏移。

举个例子。一个小伙子找到我，说他为自己说话很快而苦恼。他交了一个女朋友，感情很好，但女孩子不喜欢他说话太快。一听他口若悬河滔滔不绝地说个没完，女孩就说自己快变成大头娃娃了。还说如果他不改掉这毛病，就不能把他引荐给自己的妈妈，因为老人家最烦的就是说话爱吐吐沫星子的人。

您说我怎么才能改掉说话太快的毛病？他殷切地看着我，闹得我都觉得如果不帮他这个忙，简直就成了毁掉他一生的爱情和事业的凶手。

我说，你为什么要讲话那么快呢？

他说，如果慢了，我怕人家没有耐心听完我的话。您知道，现今的社会，节奏那么快，你讲慢了，人家就跑了。

我说，如果按照你的这个观点发挥下去，社会节奏越来越快，你岂不是就得说绕口令了？你的准丈母娘就并不是这样的人啊，她就喜欢说话速度慢一点并且注意礼仪的人啊。

他说，好吧，就算您说的这两种人都可以并存，但我还是觉得说话快一些，比较地占便宜，可以在单位时间内传达更多的信息。

我说，那你的关键就是期待别人能准确地接受你的信息。你以为只有快速发射信息才是唯一的途径。你对自己的观点并不自信。

他说，正是这样。我生怕别人不听我的，我就快快地说，多多地说。

当他这样说完之后，连自己也笑起来。我说，其实别人能否接受我们的观点，语速并不是最重要的。而且，你能告诉我，你为什么这样在意别人是否能接受你的观点？

这个说话很快的男孩突然语塞起来，忸怩着说，我把理想告诉您，您可不要笑话我。

我连连保证绝不泄密，他说，我的理想是当一个政治家。所有的政治家都很雄辩，您说对吧？

我说，这咱们就比较接触到了问题的实质。要当一个政治家，第一要自信。他们的雄辩不是来自速度，而来自信念。一个自信的人，不论说话快还是慢，他对自我信念的坚守流露出来，会感染他人。我知道你有如此远大的理想，这很好。你要做的事，不是把话越说越快，而是积攒自己的力量，让自己的信念更加坚强。

那一天的谈话就到此为止，后来，这个男生告诉我，他讲话的速度就慢了下来，也被批准见到了自己的准丈母娘，听说很受欢迎。

这厢刚刚解决了一个说话快的问题，紧接着又来了一位女硕士，说自己的心理问题是讲话太慢，周围的人都认为她有很深的城府，不敢和她交朋友，以为在她那些缓慢吐出的话语背后，隐藏着怎样的阴谋。

我试了很多方法，却无法让自己说话快起来，烦死了。她慢吞吞地对我这样说，语速的确有一种压抑人的迟缓，好像在话的背后还隐藏着另一句话。

我看她急迫的神情，知道她非常焦虑。

我说，你讲每一句话是否都要经过慎重的考虑？

她说，是啊。如果不考虑，讲错了话，谁负得了这个责？

我说，你为什么特别怕讲错话？

女硕士说，因为我输不起。我家庭背景不好，家里有犯罪的人，周围的人都看不起我们。很穷，从小就靠亲戚的施舍我才能坚持学业。我生怕一句话说差了，人家不高兴，就不给我学费了。所以，连问一句“你吃了吗？”这样中国人最普通的话，我也要三思而后行。我怕人家说，你连自己的饭都吃不饱，也配来问别人吃饭问题。

听到这里，我说我明白了。你觉得自己的每一句话都可能引致他人的误解，给自己造成不良影响。

女硕士连连说，对对，就这样的。

我笑了，说，你这一句话说得并不慢啊。

她说，那是我相信你不会误会我。

我说，这就对了。你说话速度慢，不是一个技术性的问题，是你不能相信别人。你是否准备一辈子都不相信任何人？如果是这样的话，我断定你的讲话速度是不会改变的。如果你从此相信他人，讲话的速度自然会比较适宜，既不会太慢，也不会太快，而是能收放自如。

那个女生后来果然有了很大的改变，她的人际关系也有了进步。

今天我们从一个很大的目标谈起，结果要在一个很小的地方结束。我想说，一个人的心理是一座斗拱飞檐的宫殿，这座宫殿的基础就是我们对自己人生目标的规划和对世界对他人的基本看法。一些看起来是技术和表面的问题，其实内里都和我们的基本人生观有着千丝万缕的联系。心理问题切不可头痛医头脚痛医脚，那样如同创可贴，只能暂时封住小伤口，却无法从根本上让我们的精神强健起来。

疲倦

Pi Juan

疲倦是现代人越来越常见的一种生存状态，在我们的周围，随便看一眼吧，有多少垂头丧气的儿童、萎靡不振的青年、疲惫已极的中年、落落寡合的老年？……人们广泛而漠然地疲倦了。很多人已见怪不怪，以为疲倦是正常的了。

有一次，我把一条旧呢裤送到街上的洗染店。师傅看了以后，说，我会尽力洗烫的。但是，你的裤子，这一回穿得太久了，恐怕膝盖前面的鼓包是没法熨平了。它疲倦了。

我吃惊地说，裤子——它居然也会疲倦？

师傅说，是啊。不但呢子会疲倦，羊绒衫也会疲倦的，所以，穿过几天之后，你要脱下晾晾它，让毛衫有一个喘气的机会。皮鞋也会疲倦的，你要几双倒换着上脚，这样才可延长皮子的寿命……

我半信半疑，心想，莫不是该师傅太热爱他所从事的工作了，才这般体恤手下无生命的衣料。

又一次，我在一家工厂，看到一种特别的合金，如同谄媚的叛臣，能折弯无数次，韧度不减。我说，天下无双了。总工程师摇摇头道，它有一个强大的对手。

我好奇，谁？

总工程师说，就是它自己的疲劳。

我讶然，金属也会疲劳啊？

总工程师说，是啊。这种内伤，除了预防，无药可医。如果不在它的疲劳限度之前，让它休息，那么，它会突然断裂，引发灾难。

那一瞬，我知道了疲倦的厉害。钢打铁铸的金属尚且如此，遑论肉胎凡身！

疲倦发生的时候，如同一种会流淌的灰暗，在皮肤表面蔓延，使人整个地困顿和蜷缩起来。如果不加克服和调整，黏滞的不适，便如寒露一般，侵袭到身体的底层。我们了无热情，心灰意懒。我们不再关注春天何时萌动，秋天何时飘零。我们迷茫地看着孩子微笑，不知道他们为何快乐。我们不爱惜自己了，觉察不到自己的珍贵。我们不热爱他人了，因为他人是使我们厌烦的源头。我们麻木困惑，每天的太阳都是旧的。阳光已不再播洒温暖，只是射出逼人的光线。我们得过且过地敷衍着工作，因为它已不是创造性思维的动力。

疲倦是一种淡淡的腐蚀剂，当它无色无臭地积聚着，潜移默化地浸泡着我们的神经，意志的酥软就发生了。

在身体疲倦的背后，是精神率先疲倦了。我们丧失了好奇心，不再如饥似渴地求知，生活纳入尘封的模式。甚至婚姻，也会疲倦。它刻板地重复着，没有新意，没有发展。爱情的弹性老化了，像一只很久没有充气的球，表皮皲裂，塌陷着，摔到地上，噗噗地发出充满怨恨的声音，却再不会轻盈地跳起，奔跑着向前。

疲倦到了极点的时候，人会完全感觉不到生命和生活的乐趣，所有的感官都在感受苦难，于是它们就保护性不约而同地封闭了。我们便被闭锁在一个狭小的茧里，呼吸窘迫，四肢蜷曲，渐渐逼近窒息了。

疲倦的可怕，还在于它的传染性。一个人疲倦了，他就变成一炷迷香，在人群中持久地散布着疲倦的细微颗粒。他低落地徘徊着，拖拽着整体的步伐。当我们的周围生活着一个疲倦的人，就像有一个饿着肚子的人，无声地要求着我们把自己精神的谷粒，拨一些到他的空碗中。不过，如果我们这样做了之后，才发觉不但没有使他振作起来，自身也莫名其妙地削弱了。

身体的疲倦，转而加剧着精神的苦闷。

变得太频繁了，信息太繁复了，刺激太猛烈了，扰动太浩大了，强度太凶，频率太高……即使是喜悦和财富吧，如果没有清醒的节制，铺天盖地而来，也会使我们在震惊之后深刻地疲倦了。

当疲倦发生的时候，我们怎么办呢？

看看大自然如何应对疲倦吧。春天的花开得疲倦的时候，它们就悄然地撤离枝头，放弃了美丽，留下了小小的果实。当风疲倦的时候，它就停止了荡涤，让大地恢复平静。当海浪疲倦的时候，洋面就丝绸般地安宁了。当天空疲倦的时候，他就用月亮替换太阳……

人们没有自然界高明。不信，你看。当道路疲倦的时候，就塞车。当办公室疲倦的时候，就推诿和没有效率。当组织者疲倦的时候，就出现混乱和不公。当社会疲倦的时候，就出现冷漠和麻木……

疲倦对我们的伤害，需要平心静气地休养生息。让目光重新敏锐，让步伐恢复轻捷，让天性生长快乐，让手足温暖有力。耳朵能够捕捉到蜻蜓的呼吸，发梢能够感受到阳光的抚摸，微笑能如鲜橙般耀眼，眼泪能如菩提般仁慈……

疲倦是可以战胜的，法宝就是珍爱我们自己。疲倦是可以化险为夷的，战术就是宁静致远。疲倦考验着我们，折磨着我们。疲倦也锤炼着我们，升华着我们。

泥沙俱下地生活

Ni Sha Ju Xia Di Sheng Huo

有年轻人问，对生活，你有没有产生过厌倦的情绪？

说心里话，我是一个从本质上对生命持悲观态度的人，但对生活，基本上没产生过厌倦情绪。这好像是矛盾的两极，骨子里其实相通。也许因为青年时代，在对世界的感知还混混沌沌的时候，我就毫无准备地抵达了海拔五千米的藏北高原。猝不及防中，灵魂经历了大的恐惧，大的悲哀。平定之后，也就有了对一般厌倦的定力。

面对穷凶极恶的高寒缺氧，无穷无尽的冰川雪岭，你无法抗拒人是多么渺弱生命是多么孤单这副铁枷。你有一千种可能性会死，比如雪崩，比如坠崖，比如高原肺水肿，比如急性心力衰竭，比如战死疆场，比如车祸枪伤……不但你在苦难的夹缝当中，仍然完整地活着；

而且，只要你不打算立即结束自己，就得继续活下去。愁云惨淡畏畏缩缩是活，昂扬快乐兴致勃勃也是活。

我盘算了一下，权衡利弊，觉得还是取后种活法比较适宜。不单是自我感觉稍愉快，而且让他人（起码是父母）也较为安宁。就像得过了剧烈的水痘，对类似的疾病就有了抗体，从那以后，一般的颓丧就无法击倒我了。我明白日常生活的核心，其实是如何善待每人仅此一次的生命。如果你珍惜生命，就不必因为小的苦恼而厌倦生活。因为泥沙俱下并不完美的生活，正是组成宝贵生命的原材料。

他又问，你对自己的才能有没有过怀疑或是绝望？我是一个“泛才能论”者——认为每个人都必有自己独特的才能，赞成李白所说的“天生我材必有用”。只是这才能到底是什么，没人事先向我们交底，大家都蒙在鼓里。本人不一定清楚，家人朋友也未必明晰，全靠仔细寻找加上运气。有的人可能一下子就找到了；有的人费时一世一生；还有的人，干脆终生在暗中摸索，不得所终。飞速发展的现代科技为我们提供了越来越多的施展才能的领域。例如爱好音乐，爱好写作……都是比较传统的项目，热爱电脑，热爱基因工程……则是这若干年才开发出来的新领域。有时想，擅长操纵计算机的才能，以前必定也悄悄地存在着，但世上没这物件时，具有此类本领潜质的人，只好委屈地干着别的行当。他若是去学画画，技巧不一定高，就痛苦万分，觉得自己不成才。比尔·盖茨先生若是生长在唐朝，整个就算瞎了一代英雄。所以，寻找才能是一项相当艰巨重大的工程，切莫等闲。

人们通常把爱好当作才能，一般说来两相符合的概率很高，但并不像克隆羊那样惟妙惟肖。爱好这个东西，有的时候很能迷惑人。一门心思凭它引路，也会害人不浅。有时你爱的恰好是你所不具备特长的东西，就像病人热爱健康，矮个儿渴望长高一样。因为不具备，所以就更爱得痴迷，九死不悔。我判断人对自己的才能，产生深度的怀疑以致绝望，多半产生于这种“爱好不当”的旋涡之中。因此在大的怀疑和绝望之前，不妨先静下心来，冷静客观地分析一下，考察一下自己的才能，真正投影于何方。评估关头，最好先安稳地睡一觉，半夜时分醒来，万籁俱寂时，摒弃世俗和金钱的阴影，纯粹从人的天性出发，充满快乐地想一想。

为什么一定要强调充满快乐地去想呢？我以为，真正令才能充分发育的土壤，应该同时是我们分泌快乐的源泉。

他的最后一个问题是，你是怎样度过人生的低潮期的？

安静地等待。好好睡觉，像一只冬眠的熊。锻炼身体，坚信无论是承受更深的低潮或是迎接高潮，好的体魄都用得着。和知心的朋友谈天，基本上不发牢骚，主要是回忆快乐的时光。多读书，看一些传记。一来增长知识，顺带还可瞧瞧别人倒霉的时候是怎么挺过去的。趁机做家务，把平时忙碌顾不上的活儿都抓此时干完。

路远不胜金

Lu Yuan Bu Sheng Jin

有一天，我先生对我说，以前结婚的时候，也没送过你什么礼物，现在我补送你一个金戒指吧。

我说，心意领了，但金器我是不要的。

先生笑了，说你肯定是舍不得钱。其实买金很合算，戴在手上，是件装饰品，除了好看，本身的价值也还在。不喜欢这个样式了，还可以打成新的样式。你为什么不喜欢？

我说，我算的是另一笔账啊。

他很感兴趣，让我说个明白。

我说，我是一个劳动妇女，戴了金，干起活来就不方便了。俗话说，远路无轻载。

先生就笑了，说你以为我会给你买一个多么沉重的金镏子？想得美。我们只能买个金戒指，不过几克重。

我说，你听我说。我每天伏在桌前，不辨晨昏地写作。在电脑上敲出一个字，最少要击键两次。就算这个戒指 5 克重吧，手起手落，一个字就要多耗 10 克的重量。天长日久地下来，就不是一个小数目。假设我要写一部百万字的长篇小说，这小小的戒指就化作 10 吨的金坨，坠在手指的关节上，该是多么大的负担！要做的事情太多，路远不胜金。

先生说，要不我们买一条金项链，你写作的时候脖子总是不动的。

我说，我不喜欢项链的形状，它是锁链的一种。我崇尚简单和自由，觉得美的极致就是自然。再说我多年之前就被 X 光判了颈椎增生，实在不忍再给沉重如铅的脖子增加负担。

先生叹了口气说，作为一个女人，你浑身上下没有一克金，真的不遗憾？

我说，我有许多遗憾的事情，比如文章写得不漂亮，做饭的手艺不精良，一坐车就头晕，永远也织不出一件合身的毛衣……但对金子这件事不遗憾。

先生说，你这是反潮流。

我说，不是反潮流，实在是无所谓。金是什么？不就是地球上的一种不算太少也不算太多的金属吗？有了这种金属就象征你高贵，没有这种金属就注定卑贱吗？这颗星球上还有很多种稀有金属，比如铂，比如铑，比如能造原子弹的铀和镭……都比金昂贵得多。我们不可能把所有的金属都披挂在身，金属除了它在工业上的用途，并不代表更多的含义。如果你喜欢你就佩戴好了，就像乡下的女孩在春天里，把一枝野花簪在发梢。如果你因了种种的缘故，没有一克金，那也没有什么可怯懦的，依然可以挺直腰杆，快快乐乐地生活。

作为女人，如果我们拥有天空和海洋，如果我们拥有知识和事业，如果我们拥有自信和尊严，如果我们拥有亲人对我们和我们对亲人的挚爱，我们的生命就很完满。

拥有已太多，无金又何妨！

幸福和不幸永在

Xing Fu He Bu Xing Yong Zai

我不认为幸福与科学有什么成比例的关系。也就是说，它们分属于两个系统。一个是情感的范畴，属于精神的领域。一个是物质的范畴，属于无生命的领域。（这样划分不严谨，对生命科学有点不敬，请原谅。我说的生命指的是变幻万千的活体感觉。）

在科学产生之前很久，幸福就存在于我们的感知之中。后来科学出现了，但幸福感并没有出现相应的增长，它们是两股道上跑的车，虽然有的时候，轨道会发生小小的交叉。

我相信在原始人那里，远在科学的胚胎还裹于子夜的黑暗襁褓之中，幸福就顽强地莅临刀耕火种的山洞。证据之一就是那个时候的人，快乐地唱歌和跳舞，还创造出玄妙的神话和精美的文字。你不能说在通红的篝火旁手舞足蹈的那些裸人，不知道什么是幸福。如果谁硬要这么说，以为只有现代人方知晓和能够享受幸福，因而看不起我们的祖先，那倘若不是出于无知，就是赤裸的现代沙文主义。

在某种物质十分匮乏的时候，当它一旦出现，可能会在短暂的时间内帮助引发幸福的感觉。比如，一名男子十分思念热恋中的女友，如果在古代，他只有骑上一匹马，在草原上驰骋三天三夜，才能一睹女友的芳颜，当他看到女友眸子的那一瞬，我相信荡漾在他内心的感觉，就是幸福。如今，当同样的思念袭来的时候，他可以买上一张机票，两小时之后就平安到达上海，当看到女友眸子的那一瞬，我相信他的幸福感同样强烈和震撼。

我们可以简单地说，飞机是和科学有重要关联的物件。因此，好像科学帮助了幸福。但接下来的问题是，这种幸福感是来源于马匹还是飞机？抑或是草原上的风还是空中的白云？我想，可能众说纷纭。即便问当事人，也会有不同的答案。会有人说，幸福当然和马匹和飞机有关了。如果没有马匹和飞机，这对相爱的恋人如何聚到一起？从马匹和飞机，这就是科技的进步和力量，使幸福的感觉提前出现，并变得比以前要省事容易。

我不同意这种意见。理由很简单，马匹和飞机只是这个人通往幸福的工具，而非幸福的理由和必然。在那架飞机上有很多乘客，有的人是例行公事，有的人还可能是奔丧。幸福和飞机的翅膀无关，只和当事人的心情有关。幸福是一种心灵深层的感觉，在最初的温饱和生殖的快感解决之后，它主要来源于人的精神体系的满足。

我知道我的观点可能会遭到很多人的质疑。比如有人会说，当你疾病的时候，突然有了特效的药品，难道你和你的亲人不浮现出幸福的感觉吗？这死里逃生的光芒难道不是直接来源于科学的太阳吗？

我当过很多年的医生，我知道科技的进步对生命的延续是怎样地重要和宝贵。但生命延续的本身，并不一定达至幸福的彼岸。生命只是幸福感得以附丽的温床，生命本身是一个中性的存在。它是既可以涂写痛苦也可以泼洒快乐的一幅白绢。当病人和他的家属为某种特效药喜极而泣的时候，那种幸福的感觉主要源自骨肉间的深情。如果没有这种生死相依的情感，任何药物都无法发动快乐和幸福的过山车。

科学使粮食的产量增高，但这个世界上依然有吃不饱的穷人。既然引发贫困的源头不是科学，那么由贫穷所导致的痛苦，也不是科学的创可贴所能抚平。科学使交通工具的速度更快，人们可以更迅捷地从甲地到乙地。但时间的缩短和幸福的产出，并不呈正相关。君不见朝夕相处近在咫尺的夫妻，往往并不充溢幸福，而是满怀深仇？科学使人类升上太空，得以了解遥远的宇宙发生的变化。但我看到一位宇航员的回忆录说，他在太空中最深刻的想念是——回到地球。科学发现了原子能巨大的力量，但核武器的堆积，把人类推到了亘古未有的悬祸之中。科学延长了老年人的生命，但如果没有亲情的滋润和生存的尊严，这份延长的时间便与幸福毫不相干。

科学提供了产生幸福的新的机遇，但科学并不导致幸福的必然出现。我看到国外的一份心理学家的报告，在地铁卖唱为生的流浪者和千万富翁对于幸福的感知频率与强度，几乎是一样的。当一个人晚饭没有着落的时候，一个好心人给的汉堡就能给他带来幸福的感觉。但千万富翁就丧失了得到这份幸福的缘分。幸福是不嫌贫爱富的，我们至今没有办法确知某一种情况将必然导致幸福，同样，也无法确认某一种情况将必然导致不幸。

妈妈看到婴儿的出生，想来是天下的大幸福。但对一个未婚母亲或是遭夫遗弃的妻子来说，这幸福的强度就可能要打折扣。生命消失之际按说和幸福不搭界，但我确实听到过一个人在他生命垂危之际，说他——很幸福——这个人就是我的父亲。这是他所给予我的最宝贵的精神财富之一，令我知道即使是面对永恒的消失，人也可以满怀幸福地沉稳走去。

说到这儿，离科学就有些远了，而是和人性有了更多的链接。科学要发展，人性要完善，幸福和不幸永在。

童话中的苦难

Tong Hua Zhong De Ku Nan

各位小朋友中朋友，咱们今天谈谈关于苦难的问题，你们可有兴趣？有人一定会捂着耳朵说，不听不听……说句心里话，我也怕谈这个难题。对我这也是一个大考验。咱们好像共同面对着一碗苦苦的药汤，要一口口慢慢地喝下去，有时还得咂着嘴回味一番，更是苦上加苦。可是中国有句古话，叫作“良药苦口利于病”，对于某些重要的命题，回避不是一个好法子。所以，咱们就一块儿皱着眉咬着牙，坚持讨论下去吧。

我之所以不称你们为“老朋友”，不是因为咱们相识的时间还短，是因为你们的年龄比较小。我原来以为研究“苦难”这个大题目，要放在人比较成熟的时候——起码要到男孩下巴长出软软胡须，女孩身姿婀娜之后。可是，生活根本就不理会我们的安排，它我行我素，肆无忌惮。可以顷刻之间，就把严酷的灾难，比如山崩地裂，比如天灾人祸，比如父母离异，比如病魔降身……莅临到无数人头上，毫不对儿童和少年稍存体恤之情。

这就证明了一个铁一般冷酷的事实——苦难的降临是不以人的善良意志为转移的。它就像空气一样，围绕着成人，也围绕着未成年人。对于注定要发生的风浪，单纯地依靠一厢情愿的堤坝，是无法躲避灾难的。更重要更有效的策略，是我们具备直面它的勇气，然后从容冷静坚定顽强地走过苦难，重建生活。

有一句说得很滥的话——“不要总是生活在童话中。”这话是什么意思呢？大概是说——童话虽然很美好，但现实生活中远不是那个样子。面对真实的生活的时候，我们要忘掉童话的气氛。

我不同意这种说法。其实在那些最优秀的童话里，是充满了苦难和对于苦难的抗争的。比如说“灰姑娘”吧。她小小的年纪，就失去了母亲，父亲也并不关爱她（在那个经典的故事中，没有对灰姑娘爸爸的具体描写，我估计不是作者的疏忽，而是灰姑娘的老爸乏善可陈。从他找的第二任夫人的品行可看出，这老先生对人的洞察能力不佳）。在继母的冷漠和姐姐们的白眼下生活，没法读书，做着力所不及的杂役……嗨！简直就是未成年人被家庭虐待的典型。

比如“卖火柴的小女孩”，更是悲惨已极。没有吃的，没有喝的，在节日的夜晚，还要光着脚在风雪中售卖火柴，以至于饥寒交迫冻饿而死……真是惨绝人寰的景象。依我在西藏雪域生活多年的经验，作家笔下所描绘的小女孩临死前所看到的温暖光明的家庭图画，其实很有科学依据。濒临冻僵的人，神经麻痹之后会出现神秘的幻觉——平日的理想都虚无缥缈地浮现出来了。包括小女孩脸上的笑容，也有医学基础。严寒会使人的肌肉强烈痉挛，我当过多年的医生，所见过的被冻死的人，表情都好似在微笑……

再说白雪公主。亲妈早早先逝，后母不容，因为嫉妒她的美丽，竟然雇了杀手要取她首级。好不容易死里逃生，被好心的小矮人收留。为了报答恩人，她从高贵的公主摇身一变，成了打扫家务烹炸菜肴的小时工，这个落差不可谓不大。就这样，她的厄运还远未终结，后母死死追杀，最后被毒苹果险些夺去红颜……

怎么样？以上所谈童话中的阴谋与死亡、贫困与灾难……其力度和惨烈，就是今人，也要为之垂泪吧？

我还可以举出许多。比如小人鱼变鳍为脚的痛楚，小红帽面对狼外婆的恐惧，孙悟空戴上紧箍咒的折磨和唐僧九九八十一难的艰辛……怎么样，我说得不错吧？童话并不遮盖苦难，它们比今天那些搞笑的故事，更多悲凉和灾难的警策。

也许是因为童话多半有一个光明的结尾，好人得到神灵相助，就使人们忽略了那些惨淡的忧郁，以为童话总是祥云笼罩，这实在是一个大误会。

小朋友和中朋友们，说句真心话，依我这些年跋山涉水走南闯北的经验，苦难就像感冒，几乎是不可避免的。如果谁告诉你们世界永远是阳光灿烂，请记住——他是一个骗子。

灾难埋伏在我们前进的拐弯处，不知何时会突袭我们。怕，是没什么用的。我们不能取消灾难，各位能够做到的就是面对灾难不屈服。

灾难会带给我们巨大的痛苦。亲人丧失、房屋坍塌、财产毁坏、学业中断、断臂失明、瘫痪失语、孤苦无依、诬陷迫害……这些词令人窒息，我都不忍心写下去了。但我深深知道，以上绝境还远远不是灾难的全部，在人生过程中，还有大大小小许许多多匪夷所思的艰涩，会不期而遇。

既然灾难不可避免，灾难之后，我们怎么办？我想答案一定是形形色色的。不过万变不离其宗，大致可以分为两大类。

一条路是——我们可以终日啼哭，用泪水使太平洋的海拔高度上升。我们可以一蹶不振徘徊在墓地，时时沉湎在对亲人的怀念和追悼中。我们可以怨天尤人，愤问苍穹的不公和大自然的残忍。我们可以从此心地晦暗，再也不会欢笑和宽容。

沿着这条路一直走下去，那结局是末日的黑色和冰冷。

还有一条路是——我们拭干眼泪，重新唤起生的勇气。掩埋了亲人之后，我们努力振奋新的精神，以告慰天上的目光。我们更珍惜生命的价值和意义，争取用自己的存在让这颗星球更美。我们对他人更多温情和宽厚，因为我们从患难中理解了友谊和支援……

沿着这条路走下去，那结局是火焰般的橘黄色，明媚温暖。

小朋友和中朋友们，这两条路可是南辕北辙啊。灾难之后，何去何从，千万三思而后行！

灾难是一把双刃剑，可以把一个人从精神上杀死，也可以把他锻造得更加坚强。所以，选择非常重要。

如果说，何时我们遭遇灾难，是不受我们控制的，但灾难之后我们如何走过灾难却是我们一定能掌握的。在灾难的废墟上，愿生命之树依然常青。

Chapter

肆

好好生活，
别想
太多

女性解放自己，

首先要让自己活得轻松快乐。

现代社会的发展，

让人们有越来越多的时间

回到家庭

与亲人相处。

别给人生留遗憾

Bie Gei Ren Sheng Liu Yi Han

人生是一个漫长的过程，年轻是多么地好，但是请你们记得，有很多的东西，当你不懂的时候，你还年轻；当你懂得了以后，你已年老。请让我们的理想不要变成化石，让我们现在就行动起来，去实践我们的理想，让我们的人生少留遗憾！

关于遗憾，我查过字典，字典里有各式各样的解释。我最喜欢的一个解释就是，我们能够去满足的心愿，却没有去完成，我们深感惋惜。我想跟大家讲的第一件事，就是在我年轻的时候，真的有一件万分遗憾的事情。那件事情如果发生了，我今天根本就不可能站在这里和大家做这样的一番分享。

1969 年，那时我不到十七岁，就穿上军装从北京出发去新疆。我们坐上了大卡车，经过六天的奔波，翻越天山，到达了南疆的喀什。我的战友们都留在了新疆的喀什，我们五个女兵又继续坐上大卡车，向藏北出发了。这一次，世界在我的面前，已经不是平坦的了，它好像完全变成了一个竖起来的世界。每一天的海拔都在升高，从三千米到四千米，从四千米到五千米，直到最后，翻越了六千米的界山达坂——它是新疆和西藏分界的一个山脉，进入了西藏阿里。我恍惚觉得这里已经不再是地球了，它荒凉的程度，让我觉得这是不是火星或者是月亮的背面？我记得大概在 1971 年，我们要去野营拉练，时间正好是寒冬腊月。我们要背着行李包，要背着红十字箱，要背上手枪，要背上手榴弹，还有几天的干粮，一共是六十斤重。高原之上，寒冬腊月，滴水成冰，当时的温度大概是 −40℃。

有一天凌晨三点钟，起床号就吹起了，上级要求我们今天要翻越无人区。无人区一共有一百二十华里的路，中间不可以有任何的停留，要一鼓作气地走过去。因为那里条件特别恶劣，而且没有水，走啊走啊，在下午两三点的时候，我觉得十字背包的包带已经全部嵌到我的锁骨里面去了，勒得一句话都说不出来。喉头发咸发苦，我想我要吐一口的话，肯定是血。

我在想，这样的苦难何时才能结束呢？我在想，为什么我所有的神经末梢，都用来忍受这种非人的痛苦？当时我就做了一个决定：我今天一定要自杀，我不活了，这样的苦难我已经无法忍受。

做了这样的决定以后，我就开始寻找合适的机会。找啊找啊，终于找到了一个特别适合的地方。那地方往上看是峭壁高耸，往下看则是深不见底的悬崖。我想，我只要一松手掉下去，一定会死。但是在最后一刹那，我突然发现我后面的那个战友，他离得我太近了，我如果掉下去的话，我一定会把他也带下去的。我已经决定要死了，可是我不应该拖累了别人。

队伍在行进中，这样的机会是稍纵即逝的，之后地势又变得比较平坦，我再想找这么一个自杀的地方，就不容易了。这样走着走着，天就黑了，我们也走到了目的地。一百二十里路就这样走过去了，背上那六十斤的负重一两都不少地被我背到了目的地。当时我站在雪原之上，把自己的全身都摸了一遍——每一个指关节，自己的膝盖，包括我的双脚，我确信在经历了这样的苦难之后，我的身体上连一根头发都没有少。

那一天给了我一个特别深刻的教育：当我们常常以为自己顶不住了的时候，其实这并不是最后的时刻，而是我们的精神崩溃了；只要你坚持精神的重振，坚持精神的出发，即使是万劫不复的时刻，也可以挺过去。

我知道，年轻的朋友们，在我们的生活当中，会有各式各样的苦难，有时候一些家长会问我：您能告诉我一个方法，让我的孩子少受苦难吗？我说，我能告诉你的唯一可以确定的事情是，你的孩子必然会遭受苦难。

年轻的时候，我们的神经是那么敏感，我们的记忆是那么清晰，我们的感情是那么充沛，我们的每一道伤口都会流出热血。所以尽管有很多人告诉你们，年轻是一个人最美好的时代，我也想告诉你，年轻也是我们最痛苦的时候，我们会留下很多很多的遗憾，而最大的遗憾，就是断然结束自己的生命。我想这是对生命的大不敬。而且以我个人的经历来讲，那一天我没有结束自己的生命，我坚持下来了，我才发现，原来最不可战胜的，并不是我们的遭遇，而是我们内心的脆弱。

日本有一位医生，他的工作是去照顾那些临终的病人。他和大约一千名临终病人交谈过，后来他总结出了二十五条人生的遗憾，其中包括没有吃到美食，没有回过自己的故乡，自己的孩子没有结婚，等等。我和这位医生也深有同感，因为我曾经去过临终关怀医院，也陪伴过那些临终的人，跟他们有过很多倾心的交谈。我曾经到过一间病房，那里面住着一位八十岁的老人，连他的儿女们都不再陪伴在他的身边了。他的儿女们都在外面说，他们不忍心看到那最后一刻。我说我愿意进去陪伴他。我走进那个房间，深深地吸了一口气，我觉得在那些空气里，有很多临终病人最后吐出的气息。我在那位老人的身边，摸着他的手，那老人轻轻地跟我说了一句话："我觉得我这一辈子，怎么好像没活过啊。"

我讲这个故事是想说，我们每一个人的生命，都是一张单程车票，我们每一个人都没有拿到回来的那张票，所以生命从我们出生那天开始，它就像箭一样射向远方，我们能够把握在自己手里的，就是此时此刻这无比宝贵的生命。

一个年轻的朋友给我写了一封邮件，他说我读过你的好多作品，给我印象最深的是这样一句话：我们都要思考死亡，一个人二十岁的时候就想这件事情，和四十岁的时候才想，是不一样的，等到了六十岁那真的是你不想也得想，因为死亡就在不远处等着我们了。我们能有如此宝贵的生命，我们能够掌握当下，那我们就不要给人生留下遗憾，因为人生不像我们想的那样漫长。

很多人说我确实有很多想法，可是我现在没有力量，只能把它存在那里，以后再去实现它。但我想说的是，如果你有一个理想，请立即用全副身心去实践它。把理想搁在那里，就如同把它当作一张画贴在墙上，常常去看，却没有行动，那么你的理想终有一天会变成画室，它看起来还在，但是再也没有青春的生命了，它再也不能够抽枝发芽、长成参天的大树了。

我希望我们的理想服从于我们的价值观。年轻的时候太容易看到好的东西，并受到诱惑，想着如果我也能拥有它们，那就太好了。但这个世界上太好的东西是永无止境的，而在我们的心里，能够燃烧起熊熊火焰，并且给我们的一生以指引和动力的，是我们对最美好价值的追求。

举我个人的一个小例子，我一直有看看这个世界的想法，在2008年的时候，我终于用我的稿费买了一张船票去环球旅行。然而走了没多远，才走到南中国海，就听到了汶川地震的消息。当时船上有一千多个外国客人，只有六个中国人。我当时提议，一定要为中国汶川发起 场募捐，但我们的团队里有人说，那些外国人要是不给咱们捐钱，我们多么丢脸哪。我说，我们是中国人，要不为自个儿的祖国做点什么，那才是丢脸呢。

我们商量着我们自己一定得捐美元和欧元，然后带动大家一起捐美元或欧元，这样的话，会让我们的捐款数字变大。这场募捐很成功，当所有的捐款都揽到一起统计的时候，船长对我说，他完全没想到能够募捐出这么多钱，里面还有两千元人民币。我们很惊讶，谁捐了人民币呢？我们只有六个中国人，所以容易查，吃饭的时候，我们就互相问：谁捐的人民币？我们不是说了要捐美元和欧元吗？

最后发现我们都没有捐人民币。后来我就问船长：这船上除我们以外还有中国人吗？他们说在深不见底的底舱，永远不能到甲板上来的那些工人里，有你们中国人。

之后我就下了船，回到北京把这个钱捐了。捐了之后，北川中学知道我回国了，就打来电话，希望让我到北川中学去当一次语文老师。因为我有一篇小散文，叫作《提醒幸福》，收在了全国统编教材初中二年级的课本里。

接到这个邀请后我有些犹豫，我不怕地震，可是我有点担心，因为我写的这篇文章的题目叫《提醒幸福》。可是在那样的大地震之后，他们的老师有伤亡，他们的同学有很多再也不能回到教室里，而我要去跟他们讲“提醒幸福”，在这个时候，幸福在哪里呢？

但是那一次北川中学之行，给予了我巨大的教育，因为北川中学初中二年级，所有的同学汇聚在一起，他们告诉我说，他们是世界上最幸福的人。我说，你们说自己是最幸福的人，你们能告诉我你们的幸福在哪里吗？他们告诉我说：那么多人死了我们还活着，这就是幸福！我们在马路上看到，全中国所有省份的汽车都来了，全国人民都在帮助我们，这就是幸福！在大地震才过去了十几天的时候，我们就可以继续上学了，难道我们还不是世界上最幸福的人吗？

我听了以后真的热泪盈眶，我才知道在生死面前，最宝贵的东西是什么。所以当我们重新享有我们生命的时候，一定要把自己价值观中，那些最重要的东西放在前面。

星光下的灵魂

Xing Guang Xia De Ling Hun

灵魂这个东西的有无，在没有宗教信仰的人这儿，一直是悬案。就算是虔诚的祥林嫂，到了快要逝去的时候，也对此产生了强烈的质疑。她挎着自己的讨饭筐，一遍又一遍地追问——人到底有没有灵魂呢？

我以为，灵魂不是一个如何死的问题，而是一个如何生的问题。人思考死亡，是为了更好地生存。

我年轻时候，在藏北高原六千米以上的旷野，在我用自己的雨衣搭起的简易帐篷缝隙里，在雪寒冰重的黎明，看到过这一生中最大尺寸的星辰。正是最黑暗的时刻，月亮悄声隐没，唯有群星闪烁。地上的冰原反射着天上的星海，恍惚中，我已置身星际的三百六十度裹绕。

阿里的时间晶莹剔透，那是冰和星的旷世合谋。

星空教给我最重要的知识，是人类的渺小。当面对星空的时候，你会觉得人是多么微不足道的浅薄存在，短暂到不可言说。

我知道在犯罪的类型中，有一种叫作“激情杀人”。我相信在自杀的例子中，也一定有一种“激情自杀”。

那一段时间的白昼，我总处于这种澎湃激情之中。酷寒中连续一个月每日百里路的艰苦行军，精疲力竭，无数次想到自戕。只因不忍连累无辜，一次次错失良机，才耽搁着终未死成，活到了这一个凝视满天星光的夜晚。在新的一天里，我还可以继续寻找死亡契机。不管千难万险，想死总会死得成。到底自杀还是不杀，我要做一个最终的决定。

那一刻，意乱情迷。仰看星光，想起之前的某一天，女战友对我说，那些男兵总在背后议论你。

部队里上千个男兵，仅几个女兵。被男人们议论实在太正常了。

我淡然不答。

她说，你就不想知道他们都说你些啥吗？

为了不让女友觉得受到冷落，我平静地说，还不是身材相貌品头论足。我不想知道。

女战友说这一次，还真不是议论长相什么的，他们说的是你的精神。

我想笑，强忍住不笑。说，我才不信有人能看穿我的精神。

战友说，他们倒是没能看穿你。他们只是说你可能有精神病。

到了这会儿，实在忍不住，我只好笑出声，说，我若是有病，卫生科长就住咱们对门，早该看出来，也轮不到他们下诊断。他们有何证据？

战友说，男兵们其实很不老实，总在暗处观察你，谁让你是我们的班长呢。他们说，经常眼睁睁地看到你无缘无故地龇牙一笑，好像面前站着一个隐性之人。在他们的家乡农村，只有神经出了严重毛病的女人，才会这样灵魂出窍。

我把脑袋偏到战友面前，说，那你看我像精神病人吗？

战友说，我当然知道你精神上没毛病。可你真的像他们说的那样，在空无一人的时候，会独自对着空气微笑吗？

她等了半天，我终于什么也没回答。其实我想告诉她，真的。我会。

当你看到高原氧气稀薄的空中，云彩若青莲花肆意铺排时，你能不微笑吗？当你看到万年冰雪如巨大蓝钻反射金光欲刺瞎人双眼时，你能不微笑吗？当你知道唯物主义说——物质不灭，你能不微笑吗？我万分喜爱这个说法，哪怕是冈底斯山的一片凝雪，喜马拉雅的一根鹰羽，狮泉河水的一粒银砂，我自己的一丸冷泪……都绝不会真正消失，只是由此及彼周而复始，都会在风云流散后再次出发循环。一想到这一点，无论那时我是独自在给一个战士打针，还是单枪匹马地挑着沉重双桶在山坳取水，都会自得其乐地抿嘴微笑。仅仅微笑是不够的，应该大笑啊！

不管怎么说，在下一个日出之前，我要决定是继续活下去或是就此死亡。我死了，会坠落一颗星吗？仰望星空，俯视地下，我发现那种地上死去一个人，天上就掉一颗星的说法，是多么自作多情。天空的星远比地上的人要多，就是全地球上的人都死了，星空依然光芒万丈。人不能自以为是狂妄自大。不过，我相信头顶这万千星辰，纵是再大再亮再多再远，也是没有思想的静物。人无论多么渺小脆弱不堪一击，却是可以自由自在地浮想联翩和随意决定自己的行动。

因此，我似乎不必忙着去死，我要按照自己的意志去完成理想，我还有壮志未酬。人生不过是到此一游，我尚未游完，只在途中。死是任何时候都可以做的一件事，人手一份，谁也剥夺不了你。我犯不上匆匆忙忙在没有听到死亡发令枪击响之前，就踉踉跄跄地抢跑，迫不及待扑到这一程的终点。我不妨先抖擞精神，振作起来做点其他事，比如，某一天用自己的方式，诉说对阿里的敬畏，等我利利索索、妥妥帖帖地把想办的事儿都办完了，再从容赴死想来也不迟。

星空自九天之上倾盆而下给予我的教诲，自此铭记在心，指导我人生。那一年，我十八岁。

对女机器人提问

Dui Nü Ji Qi Ren Ti Wen

在某届博览会上，展出了科学家新近制造出的女机器人。形象仿真面容美丽，并具有智慧（当然是人们事先教给她的），可以用柔和的嗓音，回答观众提出的各种问题。

在女机器人的耳朵里，装有可把观众所提问题记录下来的仪器。展览结束之后，经过统计，科学家惊奇地发现，男人提的问题，和女性大不同。

男人们问得最多的是——你会洗衣服吗？你会做饭吗？你会打扫房间吗？

女人们问的多是——你是怎样被制造出来的？你的目光能看多远？你的手有多大劲呢？

看到这则报告之后，我很有几分伤感。一个女人，即使是一个女机器人，也无法逃脱家务的桎梏。在人类的传统中，女性同家务紧密相连。一个家，是不可能躲开家务的。所以，讨论家务劳动，也就成了重要的话题。

家务活灰色而沉闷。这不仅表现在它的重复与烦琐，比如刷碗和拖地，日复一日年复一年味同嚼蜡，更因为它的缺乏创造性。你不可能把瓷盘刷出一个窟窿，也不能把水泥地拖出某种图案。凡是缺乏变化的工作，都令人枯燥难捱。

更糟糕的是，家务活动在人们的统计中，是一个黑洞。如果你活跃在办公室，你的劳动就进入了人们的视野，被尊重和尊敬。但是你用同样的时间在做家务，你好像就是在休息和消遣，一片空白，什么也不曾留下。在我们的职业分类中，是没有“家庭主妇”这一栏的。倘若一个女性专职相夫教子，问她的孩子，你妈妈在家干什么呢，他多半回答：我妈妈什么都不干，她就是在家待着。丈夫回家，发现了某种疏漏，就会很不客气地说，我在外忙得要死，你整天在家闲着，怎么连这么点小事都干不好呢！

在人们的意识中，家务劳动是被故意忽视或者干脆就是藐视的。它张开无言的长满黑齿的巨嘴，把一代代女人的青春年华吞噬，吐出厌倦和苍老。

于是很多女人就在这样的幽闭之下，发展出病态的洁癖。她们把房间打扫得水晶般洁净，不允许任何人扰乱这种静态的美丽。谁打破了她一手酿造的秩序，她就仇恨谁。她们把自己的家变成了雅致僵死的悬棺，即使是孩子和亲人，也不敢在这样的环境中伸展腰肢畅快呼吸。她们被家务劳动异化成一架机器，刻板地运转着，变成了无生气的殉葬品。

在外工作的女人们更处于两难境地。除了和男性一样承担着工作的艰辛以外，更有一份特别的家务，在每个疲惫的傍晚，顽强地等待着她们酸涩的手指。如果一个家不整洁，人们一定会笑话女主人欠勤勉，却全然不顾及她是否已为本职工作殚精竭虑。更奇怪的是，基本没有人责怪该家的男人未曾搞好后勤，所有的账独算在女人头上。瞧，世界就是如此有失公允。

记得听过一句民谚——男人世上走，带着女人两只手。我觉得不公道。某人的个人卫生，当然应该由他自己负责，干吗要把担子卸到别人头上？为什么一个男人肮脏邋遢，人们要指责他背后的女人？如果一个女人衣冠不整，为什么就没人笑话她的丈夫？在提倡自由平等的今天，家务劳动方面，却是倾斜的天平。

更有一则洗衣粉广告，让人不舒服。画面上一个焦虑的女人，抖着一件男衬衫说，我的那一位啊，最追求完美。要是衣袖领口有污渍，他会不高兴的……愁苦中，飞来了 ×× 洗衣粉，于是女人得了救兵，紧锁的眉头变了欢颜。结尾部分是洁白挺括的衬衫，套在男人身上，那男人微笑了，于是皆大欢喜。

我很纳闷，那位西装笔挺的丈夫，为什么不自己洗衬衣呢？自己的事情自己做，这难道不是我们从幼儿园就该养成的美德吗？怎么长大了成家了，反倒成了让人服侍的贵人？我的本意不是说夫妻之间要分得那么清，连洗件衣服也要泾渭分明，但基本的权利和义务还是要有个说法。自己的衣服妻子帮着洗了，首要的是感激和温情，哪能因为自己把衣服穿得太脏了洗不净，反倒埋怨劳动者的？是否有点吹毛求疵？再者，你做不做完美主义者可以商榷，但不能把这个标准横加在别人头上，闹得人家帮了你，反倒受指责，这简直就是恩将仇报了。

近年来，在已婚女性当中，流行一种“蜂后症候群”。意思是，一个女人，既要负起繁育后代的责任，又要杰出而强大，成为整个蜂群的领导者，驰骋在天。如果做不到，内心就遗下深深的自责。

女性解放自己，首先要让自己活得轻松快乐。现代社会的发展，让人们有越来越多的时间回到家庭与亲人相处。

一个家的舒适与否，很大程度上取决于家务劳动的质量和数量。作为这一工作的主要从业人员，妇女应该得到更大的尊重和理解。男性也需伸出自己有力的臂膀，分担家务，把自己的家园建设得更美好温馨。

历史女人

Li Shi Nu Ren

当人们将历史拟人化的时候，通常会说“ 历史老人”。并没有谁特别规定过这个老人的性别。不过，所有的人不约而同联想起的——必是一位男性， 面容冷峻且白发苍苍。

当２０世纪飘落， ２１世纪萌动的时刻，我想说，有一位历史女人在沉思。

她有多大的年纪了？我不知道。这并不是从西俗，而是无人知晓她的确切年龄。从人类诞生的那一天，她就存在了。少说也有几千几万岁了吧？

在过去的岁月里，她曾有过辉煌，也饱受磨难。无数的陈规陋习束缚过她，无意的忽视与有意的歧视包绕着她。她的形象被勾勒成暗淡的阴影。在历史的合唱中，她的声音是喑哑和微弱的。她被定义为低下和卑微的弱者。然而，她在不公正和不平等的境遇中，坚定顽强地生活着，繁衍哺育着人类的后代，创造发展着人类的文明。

历史女人跋涉万水千山，历经沧海桑田。可是，她不老。衡量一个女人是否老迈，不在她的生理年龄，而在她的心灵。当新的世纪来临的时刻，历史女人从来没有如此活跃和年轻过，充满蓬勃的朝气和一往无前的勇气。

历史的纹路，是男人和女人一道编结的。当我们回忆历史展望未来的时候，男人和女人肩负着共同的使命。新世纪的图案，也将由男人和女人一道描绘。

历史是男人的，也是女人的。未来是男人的，也是女人的。

未来和将来的区别

Wei Lai He Jiang Lai De Qu Bie

“未来”和“将来”，说话和写文章时常用这两个词，意思好像差不多。老祖宗是很讲究用词达意的，比如美丽和漂亮，都是形容好看，但其中有细微却不容忽视的区别。美丽更自然天成，漂亮则带有人工斧凿的痕迹。那么未来和将来的差异究竟在哪？坦率地讲，我成天和文字打交道，很长时间内搞不清。

原认为未来和将来的不同，主要在于时间距离的长短。比如常说“走向未来”，指比较遥远的时间段，无法改成“走向将来”。换后者也可勉强成文，总不伦不类。也就是说，“将来”似乎是比较贴近眼前的时间，“未来”的尺度则更宏大一些，有点像公里和海里的关系。

察觉失误源于听天气预报。播音员常说，在未来二十四小时内……昼夜并不遥远，但这句话不便改成“在将来二十四小时内”。看来单是距离的长短，不是这两个词的分水岭。

查辞典。

“将来”——“时间词。现在以后的时间。”

“未来”——“就要到来的。指时间。”

如此解释，半斤八两，不了了之。似乎也不便埋怨撰写辞典的人敷衍了事，这两个词，在日常使用上，像通用电脑的内存条，置换方便。比如说“未来是青年人的”，可以很利索地转化为“将来是青年人的”，理解上无重大歧异。

那么，智慧的老祖宗，为什么还要分得这么细？

近读一本学者的书，茅塞顿开。文中说，“未”字的古义是“滋味”。“未”字和“木”字很相像，比木多了一横。这一横可不是随便加的，有深意。它代表树叶，表示枝干繁茂。繁茂了和滋味有什么关系？此刻需要一点艺术想象力——叶子多了说明树木生长情形良好，结的果子就多，味道就好……叶子遮挡了光线，树下就显出朦胧昏昧的样子，表达一种不可知和不可测的神秘性。

哈！原来“未”的意思是——“朦胧的果实”。

至于“将来”的“将”字，居然有些热腾腾的血腥气藏在内里。指“手执利剑屠宰杀生”，所以最初多用于将军和厨师，后来渐渐衍生出“掌握”和“选择”的意思。

如果一定要概括“将”字形象，我愿意把它描绘成遮掩着某些物体的黑色斗篷。

学者说，“未来”是指我们视野之外的明天，“将来”是指在我们掌握之中的明天。

它们都犀利地指向明天。“未来”是一颗雾蒙蒙的核桃，“将来”是一只隐藏的魔柜。

某学生成绩优异，人们说，这孩子“将来”能上重点中学，“将来”能上大学。在这里，“将来”有一种探囊索物的笃定，运筹帷幄的安详。一个人发了财，只要经营得当，不犯法，他“将来”会成为富翁。当然意外也随伺左右，如果学生临场失常考试砸锅，商人徇私舞弊犯奸作科，人们会说，看！他把自己的“将来”给毁了。“将来”虽然是预计，在这里却几乎成了人人可以把握的既定事实。

“将来”所说的明天，实质上更多是一种惯性，是在基础上搭盖的二层楼，是箭已离弦，从铁弓到靶心的飞翔过程。于是就有了世故和因循的气息，成了可以预期红利的股票。

“未来”更富于冒险和挑战。它是昏暗中的不倦探索，是勇气和智慧的多次叠加，是期望战胜了恐惧后的欣喜，是漂浮着幻想泡沫的鸡尾酒。

当人们反复强调，“未来”不是梦的时候，内心确知“未来”有太多梦幻的成分。当人们允诺“未来”的寰球是和平世界时，面对的是眼前的硝烟和核弹。当人们说，“未来”要到星际旅行，等待人类的实际上是艰巨拼搏和献身。人们大胆地对“未来”做出的种种预测，其实只是一厢情愿地对着茫茫宇宙的悲壮自白。

将来很实惠，未来多虚幻。一个人在明天的早饭还没着落的时候，考虑的只能是将来。但两相比较，我还是更喜欢未来的含义。

将来当然重要。这条优质纱巾，把某些已露端倪的矛盾遮盖着，掩藏起短兵相接的锋芒。温暖地包裹鸡蛋，把它孵化，某个黎明，嘹亮的鸡啼把主人唤醒。一颗海椰被风暴冲到适宜生长的岸边，便会长成大树，需要的仅仅是时间。定时炸弹埋在土里，秒针无声走动，一个惊天动地的时刻渐渐迫近……“将来”不是无源之水无本之木，“将来”是春种秋收勤劳敬业的农夫。你播下的是龙种，收获的就不是跳蚤。

所以对待将来，如同守候性能可靠的生产线，按部就班是它的最大特征。输进原料，就准备照单接收产品。出了废品，切勿埋怨客观。必是某个环节出了故障，隐患早趴在暗处了。如果得到嘉奖，也不必大喜过望。所有数据已经输入，就像火箭发射，飞上蓝天才是正理，凌空一炸就是大冷门了。

所以，将来的基调是冷静的古朴之色。循序渐进是经，成竹在胸是纬。所以让我们生出些许畏惧，些许忐忑，盖因时间的关系。好像正在显影的照片，虽然一切已经定型，毕竟最后一道工序尚未完成。在某些情形下，将来之手的可怕在于——它无法使事情变得比设想更好，但有足够的力量，把事情变糟。

我们永不能对将来掉以轻心。

但从人类的发展史来说，更重要的是面向未来。猿从树上降落到草地，直立行走，绝不仅仅是已知行为方式的延伸和把握，而是充满了想象力度的空前变革。前景如何，无法预报。最初的人类，只是在若明若暗的曦光中走着，艰难困窘挺进远方。然而一个伟大的新世纪，就在这蹒跚的脚印中爆发。

将来是沉稳的，未来是炙烈的。将来是简明扼要的，未来是华美铺张的。将来是务实的，未来是缥缈的。将来是有条不紊的，未来是浮想联翩的。将来是殚精竭虑的，未来是高瞻远瞩的。将来是惨淡经营的，未来是举重若轻的。将来是可以揭秘一览无余的毡布，未来是永在夜空闪烁不可触及的星巢。

将来更多地属于个体。未来则是全人类远眺的家园。现今的人们，常常为自己设计多种“将来”，将来变得越来越精确和细致。但一己的将来固然重要，整个人类的未来，更是现代人必须关注的方向。将来和未来结合在一起，就是飞翔的魔毯，把我们载往远方的树林，那里有朦胧的新的果实。

女儿，你是在织布吗

Nü Er Ni Shi Zai Zhi Bu Ma

正式写作十年以后，我完成了第一部长篇小说，名为《红处方》。

之前，我一直踌躇，要不要写长篇小说？它对人的精神和体力，都是一场马拉松。青年时代遭过苦的人，对所有长途跋涉，都要三思而后行。有几位我所尊敬的作家，写完长篇后撒手人寰，使我在敬佩的同时，惊悸不止。最后还是决定写，因为我心中的这个故事，激我向前。

对生活的感受，像一些彩色的布。每当打开包袱皮，它们就跳到眼前。我慢慢地看着想着，估摸着自己的手艺，不敢贸然动笔。其中有一堆素色的棉花，沉实地裹成一团。我因了它的滞重而绕过，它又在暗夜的思索中，经纬分明地浮现脑海。

它是我在戒毒医院的身感神受。也许不仅仅是那数月的有限体验，也是我从医二十余年心灵感触的凝聚与扩散。我又查阅了许多资料，几乎将国内有关戒毒方面的图书读尽。

以一位前医生和一位现作家为职业的我，感到了不可推卸的责任。

我是一个视责任为天职的人。

我决定写这部长篇小说。前期准备完成以后，接下来具体问题就是——在哪里写呢？古话说，大隐隐于市。我不是高人，没法在北京安下心来。便向领导告了假，回到母亲居住的地方。那是北方的一座小城，父亲安息在那片土地上。

幽静的院落被深沉的绿色萦绕，心境浸入生命晚期的苍凉。

母亲想让我在一间大大的朝阳房屋里写作，那儿宽敞豁亮。我选定了父亲生前的卧室，推开门来，一种极端的整洁和肃穆结在每一立方厘米空气中。父亲巨大的遗像，关切地俯视着我。正是冬天。母亲说，这屋冷啊。我说，不怕。我希望自己在写作的全过程中，始终感到微微的寒意，它督我努力，促我警醒。

在大约三个月的时间里，我日出而作，日落而息，像工厂的工人一般准时，每天以大约五千字的匀速推进着。有时候，我很想写得更多一些，汹涌的思绪，仿佛要代替我的手指敲击计算机键盘，欲罢不能。但我克制住激情，强行中止写作，去和妈妈聊天。这不但是写作控制力的需要，更因为我既为人子，居在家中，和母亲的交流就是非常重要的事情。母亲从不问我写的是什么，只是偶尔推开房门，不发出任何声响地静静看着我，许久许久。我知道这种探望对她是何等重要，就隐忍了很长时间，但终有一天耐不住了，对她说，妈，您不能时不时地这样瞧着我。您对我太重要了，您一推门，我的心思就立刻集中到您身上，事实上停止了写作。我没法锻炼出对您的出现置若罔闻的能力……

从此母亲不再看我，只是与我约定了每日三餐的时间，到了吃饭的钟点，要我自动走出那间紧闭的屋子，坐到饭厅。偶尔我会沉浸在写作的惯性中，忘了时辰，母亲会极轻地敲敲门。我恍然大悟地跑出去，母亲守在餐桌旁，菜已凉，粥已冷，馒头不再冒气，面条凝成一坨……

打印出的稿纸越积越厚，母亲有一次对我说，女儿，你是在织布吗？

我说，布是怎样织出来的，我没见过啊。

母亲说，要想织出上等的好布来，织布的女人，就得钻到一间地窖样的房子里，每日早早进屋，晚晚出来，别人不能打搅，她也不跟别人说话。

我说，布难道也像冬储大白菜似的，需遮风避雨不见光吗？

母亲说，地窖里土气潮湿，布丝不易断，织出的布才平整。人心绪不一样，手下的劲道也是不同的。气力有大小，布的松紧也就不相同。人若是能心静如水，胸口里的那股气饱满均匀，绵绵长长地吐出来，织的布才会绸子一般光滑。

母亲的话里有许多深刻的道理，可惜我听到它的时候，生平的第一匹长布，已是疙疙瘩瘩快要织完了。

好在我以后还会不断地织下去，穷毕生精力，争取织出一幅好布。

Chapter 伍

是的，
我
很重要

如果你愤怒，你就呐喊。

如果你哀伤，你就哭泣。

如果你热爱，你就表达。

如果你喜欢，你就追求。

Chapter •
伍

分泌幸福的“内啡肽”

Fen Mi Xing Fu De Nei Fei Tai

我曾看过一则新闻：英国有家报社，向社会有奖征答“谁是最幸福的人”，然后排出第一种最幸福的人，是一个妈妈给孩子洗完澡，怀抱着婴儿；第二种最幸福的人，是一个医生治好了病人并目送他远去；第三种最幸福的人，是一个孩子在海滩上筑起了沙堡；备选答案是，一个作家写完了著作的最后一个字，放下笔的那一瞬间。

看完这则不很引人注目的报道，那一瞬间，我真的像被子弹打中一样，感到极度震惊——这四种状况都曾集于我一身，但是，我没有感觉到幸福！

我为什么没有幸福感？有了这个问号后，我就去观察周围的人，这才发现，有幸福感的人是如此之少。有一年，我拿出贺卡看了看，结果发现最多的是“祝你幸福”，这可能是中国人的集体无意识，所以才会觉得是永远的吉祥话。

可是，幸福的本质是什么东西呢？

日本春山茂雄博士《脑内革命》一书说，当我们感知幸福的时候，其实是生理在分泌一种内啡肽，即幸福感是体内内啡肽的分泌。从罂粟里提炼的吗啡是毒品，它的魔力正是在于它的分子结构模拟了生理基础上的内啡肽，让你体验到一种伪装的、模拟的快乐。当你觉得真正快乐的时候，例如接到大学录取通知书时，如果去抽血查验体内的生化水平，你的内啡肽水平是很高的。

据春山茂雄研究，人体内啡肽的分泌，和马斯洛“需要层次”的金字塔理论惊人地吻合：吃饭能带来愉悦，人在生理基础上是快乐的；然后，在实现安全、爱和尊严的需要的过程中，伴随着更大量内啡肽的分泌，让你感知自己的幸福；最重要的是，当你完成自我实现的时候，内啡肽就到达非常高的水平，远远超出吃饭带来的幸福感。

这种生理和心理的结合，使我觉得，能够体验到幸福感，是一个需要训练、感知且不断提高的过程，因为幸福不是与生俱来的。

我觉得世界上的幸福首先来自一个坚定的信念。

我常去高校和大学生交流，给我最多的感觉是，他们面临着一个非常重要的问题——人生观的确立和价值观的走向，即人为什么活着。

经常有媒体采访我的心理咨询中心，最喜欢提的问题是："咨询最多的问题是什么？"我说，心理咨询室这张米黄色的沙发如若有知，一定会一次次地听到来访者在问："我为什么活着？"我觉得人是追索意义的动物，尤其是年轻人，都曾经无数次地叩问这个问题。

以前，我们喜欢用灌输式的方法，从小将主义、理想或目标灌输给孩子，希望能够在他心中扎下根，成为他一生的坐标。可我现在发现，一个人的目标，一定需要他自己经过艰苦的摸索，然后在心理结构里确立下来，否则，无论我们多么用心良苦、谆谆教导，它真的只是一个外部的东西。

其实，每个人都早早地确立了一生的目标，因为它原本已存在于你的内心：从童年经验开始，你所热爱、尊敬、向往、要为之奋斗的东西，其实早已植根于心里，只不过被许多世俗的东西、繁杂的外界所影响，甚至被遮蔽了。当一个人开始有意识地关注自己的心理健康时，那是在整理他的心理结构，然后明白心中取得最主打作用的架构和体系。

我曾在一所非常好的大学做讲座，台下学生递条子说：“毕老师，我想问问你，我年轻貌美，又有这么好的大学文凭，要是不找一个大款把自己嫁了，我是不是浪费了资源？”我想，在大学生寻找目标的迷茫过程中，能够有这种朋友式的探讨，是特别重要的。

另外，我觉得自我形象的定位是幸福感的来源非常重要的一部分。

在大学生自我形象的构建里，有一部分是他们的“出身”（阶层）：他们从各种阶层突然聚合到一起，大学虽是个相对小的、封闭的环境，却也是整个社会的缩影，因此，如何看待自己不可选择的出身阶层，这是自我形象非常重要的部分。另外一部分是他们的学业，包括学习的能力、智商的能力、人际交往的能力等，可归为自己奋斗来的部分。

然而，还有特别重要的一部分，就是外在条件——长相。

我曾在一所大学做关于自我形象、自我认知的讲座，请台下的学生回答：你们有谁曾经为自己的长相自卑？结果齐刷刷地举手——所有的人都自卑！

我当时一下子不知该如何反应，没料到当代年轻人在相貌问题上居然有如此大的压力。

后来，我悄悄问一位女生，问她为自己的相貌哪一点自卑，我实在找不着——她身材窈窕、黑发如瀑、明眸皓齿、肤如凝脂，真的是美女。

她说，我有一颗牙齿长得不好看。

我说，哪颗牙齿？

她说，第六颗牙齿。

我说，谢谢你告诉我，否则站在对面看你一百年，我也看不出你那颗牙齿不好。

她说，你不知道，可是我知道。我不敢笑，从来都是抿着嘴只露出两颗牙齿。同学都说我多“冷”、多高傲，其实，我只是怕人看到第六颗牙齿。男生追求我的时候，我就想，我一颗牙齿不好，他还追求我，肯定是别有用心，于是放弃了好几个条件很好的男生。

我觉得当一个人不能接纳自己，不能和自己友好地相处的时候，他就不能和别人友好地相处。因为，他自己都那么百般挑剔、那样苛刻，又怎能和别人有真诚的、良好的沟通与关系？

其实，我挺欣赏基督教里的说法：接受你不可改变的那一部分。我们可以列一列，像出身的阶层、长相及缺陷，这些是我们不可改变的，而我们能够去修炼、弥补和提高的，就是我们可改变的那一部分。

面对一个我们不可改变的东西，该如何对待它，每个人的答案是不一样的，而这个不一样的答案却可能深刻地影响我们的一生。比如，一个人认为他丑，就认定自己完全不会幸福了，觉得他既然这么丑，有什么权利得到幸福？一个人说他很贫寒，为什么别人可以含着银汤匙出生，而他却含着草根出生？

面对种种不平等，我常跟年轻人说，不平等是社会有机组成的一部分，而让它变得更为平等，是你义不容辞的责任之一。

首先，你要丢掉幻想，坦然接纳不公平、巨大的差异或先天不良。然后，对于自己可改变的部分，你就要细细地分析，找出自己的优缺点，是优点就让它更好，是缺点就要去弥补，尤其要突出优点，把自己的光彩照人的方面表达出来。因为中国文化特别容易告诉你哪里不行，生怕你忘了自己的缺点，而你有什么优点，告诉你的人可不太多，所以要坦然接受自己的优点，将它发扬光大。

心理咨询中心来过一位留英硕士，月薪十二万元，可他将自己说得一无是处，弄得我都心酸。我才知道，一个人接不接纳自己，其实不在于外在的条件，也不在于世俗的评判标准，而完全在于他内心框架的衡量。

我通常咨询完了不会给谁留作业，但那天我说，我给你留个作业：下星期来见我之前，你要写出自己的十五条优点。

他快晕过去了，说，我怎么能找到十五条优点呢？至多也就找出一两条。这个世界上，可能只有您相信我还有优点，我父母就不相信我有优点，所有人都不相信我有优点！

我说，你老板起码相信你有优点吧，否则怎会出月薪十二万元雇你？

他突然在这个事实面前愣了半天，然后说，噢，那我试试看。

所以我觉得，应该去认识自己的长处，将它发扬光大，去接纳那些不可改变的东西。当你能够坦然地面对自己的时候，其实也就可以坦然地面对世界——放下包袱后，你才可以轻装前进。

费尔巴哈说过：“你的第一责任是使你自己幸福。你自己幸福了，你也就能使别人幸福，因为，幸福的人愿意在自己周围只看到幸福的人。”

内在的洁净

Nei Zai De Jie Jing

现在的女子，对于服装的要求越来越多了。每年都有流行色，如果你还穿着去年的流行色，那就是落伍，那就是老土，就是搁浅在时代潮流沙滩上的孤独的苦蚌。

有一次，我得到一个邀请，担当某服装委员会的顾问。我说，你有没有搞错啊，我是个连流行色都一问三不知的人，哪里能担当服装顾问？只有谢绝这一份信任了。他们说，就是愿意吸收各行各业的人都来关注服装，所以是外行并不要紧。我还是坚辞不受。本以为这件事就这样结束了，不想几天以后，他们又曲线救国，约了一位我所熟识的朋友来做说客。那朋友说，一个作家，就应该与五行八作的人都说得上话。你对服装没有研究，正好借这个机会长长见识，何乐而不为？再说啦，人家还发你一套衣服，蛮合算的啦！

倒不是看在那套衣服的分儿上，实在是朋友这番话的前半部分说服了我，我出席了那天的会议。会上，坐在邻座的是一位对服装颇有研究的先生，我和他聊起来，问，你们每年的权威发布，都依照什么原则呢？

那位先生一笑，说，毕作家，你太认真了。流行色并没有你想象的那样复杂，不过就是一个概念。你想啊，服装这个东西，是要提前做准备的。不能天气已经很热了，才做薄薄的夏衣。也不能寒风刺骨了，才张罗棉袄。特别是面料，更要有提前量。那么，大家根据什么来制订计划呢？简单地说，就要开一个会，大家坐在一起， 讨论一番，定一个主色调，然后还有一些辅助的色系，最后就按这个原则去生产了。到了那个季节，街上就都是这种色系的衣服，流行色就开始流行了。

我听得似懂非懂，说，那么如果这个色彩今年流行不起来怎么办呢？那位先生可能觉得我冥顽不化，蔼然教导说，这怎么可能呢？大家都要穿新衣服，新衣服是从哪里出来的？还不是厂家做出来的吗？只要所有的厂家都齐心合力，都出产这个颜色的衣服当然就会流行起来啊！再有了，我们既然制定了这个策略，就会大张旗鼓地宣传，比如说环保啦，沙漠啦，海洋啦，太空啦……找概念啊，开动一切机器来“轰炸”。另外还有一个法宝，就是让偶像代言。年轻人喜欢从众，一看他们心仪的艺人都穿上这个衣服了，当然会趋之若鹜……

听到这里，我只有拼命点头的份儿了。我就是再愚笨，也明白在这样强大的攻势之下，流行色当然生命力蓬勃。

那位先生看我茅塞顿开的样子，表示满意，说，如果你是生产厂家，你会怎样想？

我说，那还用问？当然是希望买我衣服的人，越多越好。

那位先生说，对啊，人心同理。要是谁都新三年、旧三年，缝缝补补又三年，服装厂还不得关门？所以，每年的流行色一定要和上一年的有所不同，让你不能以旧充新，鱼目混珠。再有就是造舆论，让你觉得自己穿的不是流行色，就有一种自卑感，不入流，被社会抛弃……这样的舆论氛围一旦形成，从众心理浓厚的人就会被裹挟而进，成了流行色的“俘虏”，厂家就会微笑。

我说，如果我硬是不买流行色，你们能怎么样呢？

那位先生和气地笑起来，说，那我们一点办法也没有。不跟着流行色走的人，通常分两类。一种是特别贫穷，他们原本就没有能力不停地置换服装，所以，也不是服装行业的消费者，基本可以忽略不计。再有一种，就是特别有品位的人，他们不在乎流行什么，只在乎什么东西对自己是最适合的。对这后一种人，我们也是鞭长莫及无可奈何啊！

那一天的会议，让我获益匪浅。这位先生犹如奸细，让我获取了关于服装的真实情报。也许对于时尚中人，这些都是常识，但对我这样一个服装盲来说，的确如醍醐灌顶。我想，我似乎不能算作买不起衣服的人，但也绝对不是有独立见解，能孤傲地挺立于潮流之外的人。对于我们普通人来说，如何在光怪陆离的现代服装海洋中，安然自得地驾着自己的小船，吟唱渔歌呢？

我想最好的方式，就是保持衣物的洁净，不追赶时髦。因为流行色的实质，多是商人的利益，它铁定了主意让你总是气喘吁吁手忙脚乱地追赶潮流。我不需要那么多的衣服。如果你的衣服有污渍，无论它多么华贵，在没有清洗干净之前，不要穿着它出门。华贵表达着你的财富，而洁净证明着你的品质。

衣服只是外包装，内在的精神洁净才是最重要的。

自信第一课

Zi Xin Di Yi Ke

1972年的一天，领导通知我速去乌鲁木齐报到，新疆军区军医学校在停顿若干年后这年第一次招生，只分给阿里军区一个名额，首长经过研究讨论，决定让我去。

按理说，我听到这个消息应该喜出望外才是。且不说我能回到平地，吸足氧气，让自己被紫外线晒成棕褐色的脸庞得到“休养生息”，就是从学习的角度讲，在重男轻女的部队能够把这样宝贵的唯一的名额分到我头上，也是天大的恩惠了。但是在记忆中，我似乎对此无动于衷，也许是雪山缺氧把大脑纤维冻得迟钝了。我收拾起自己简单的行李，从雪山走下来，奔赴乌鲁木齐。

1969年，我从北京到西藏当兵，那种中心和边陲的，文明和旷野的，优裕和茹毛饮血的，高地和凹地的，温暖和酷寒的，五颜六色和纯白的　　系列剧烈反差，在我的心底搅起了沧海桑田般的变化。面临死亡咫尺之遥，面对冰雪整整三年，我再也不是当初那个天真烂漫的城市女孩，内心已变得如同喜马拉雅山万古不化的寒冰般苍老。我不会为了什么事件的突发和变革的急剧而大喜大悲，只会淡然承受。

入学后，从基础课讲起，用的是第二军医大学的教材，教员由本校的老师和新疆军区总医院临床各科的主任、新疆医学院的教授担任。记得有一次，考临床病例的诊断和分析，要学员提出相应的治疗方案。那是一个不复杂的病案，大致的病情是由病毒引起的重度上呼吸道感染，病人发烧流鼻涕咳嗽、血象低，还伴有一些阳性体征。我提出方案的时候，除了采用常规的治疗外，还加用了抗生素。

讲评的时候，执教的老先生说：“凡是在治疗方案里使用了抗生素的同学都要扣分。因为这是一个病毒感染的病例，抗生素是无效的。如果使用了，一是浪费，二是造成抗药，三是无指征滥用，四是表明医生对自己的诊断不自信，一味追求保险系数……”老先生发了一通火，走了。

后来，我找到负责教务的老师，讲了课上的情况，对他说：“我就是在方案中用了抗生素的学员。我认为那位老先生的讲评有不完全的地方，我觉得冤枉。”

教务老师说：“讲评的老先生是新疆最著名的医院的内科主任，是在解放前的帝国医科大学毕业的，在国民党的军队里做到很高的医官，他的医术在整个新疆是首屈一指的。把这老先生请来给你们讲课，校方已冒了很大的风险。他是权威，讲得很有道理，你有什么不服的呢？”

我说：“我知道老先生很棒，但是具体问题要具体分析。他提出的这个病例并没有说出就诊所在的地理位置，比如要是在我的部队，在海拔五千米以上的高原，病员出现高烧等一系列症状，明知是病毒感染，一般的抗生素无效，我也要大剂量使用。因为高原气候恶劣，病员的抵抗力大幅度下降，很可能合并细菌感染。如果到了临床上出现明确的感染征象时，才开始使用抗生素的话，那就晚了，来不及了，病员的生命已受到严重威胁……”

教务老师沉默不语。最后，他说：“我可以把你的意见转告给老先生，但是，你的分数不能改。”

我说：“分数并不重要，您听我讲完了看法，我已知足了。”

教室的门开了，校工闪了进来，搬进来一把木椅子摆在讲案旁，且侧放。我们知道，老先生又要来了。也许是年事已高，也许是习惯，总之，老先生讲课的时候是坐着的，而且要侧着坐，面孔永远不面向学生，只是对着有门或有窗的墙壁。不知道他这是积习，还是不屑于面对我们，或是有什么难言之隐。

这一次，老先生反常地站着。他满头白发，面容黢黑如铁，身板挺直如笔管，让我笃信了他曾是国民党医官一说。

老先生目光如锥，直视大家，音量不大，但在江南口音中运了力道，话语中就有种清晰的硬度了。他说："听说有人对我的讲评有意见，好像是一个叫毕淑敏的同学。这位同学，你能不能站起来，让我这个当老师的也认识你一下？"

我只有站起来。

老先生很注意地看了我一眼，说："好，毕淑敏，我认识你了。你可以坐下了。"

说实话，那几秒钟，真把我吓坏了。不过，有什么办法呢？说出的话就像注射到肌肉里的药水一样，你是没办法抠出来的。

全班寂静无声。

老先生说："毕淑敏，谢谢你。你是好学生，你讲得很好。你的话里有一部分不是从我这儿学到的，因为我还没有来得及教给你那么多。是的，作为一个好的医生，一定不能全搬书本，一定不能教条，要根据具体的情况决定治疗方案。在这一点上，你们要记住，无论多么好的老师，也不可能把所有的规则都教给你们。我没法去毕淑敏所在的那个五千米高的阿里，但是我知道缺氧对人的影响。在那种情况下，她主张使用抗生素是完全正确的，我要把她的分数改过来……”

我听到教室里响起一阵轻微的欢呼，因为写了抗生素治疗的不仅我一个，很多同学为这一改正而欢欣。

老先生紧接着说：“但在全班，我只改毕淑敏一个人的分数。你们有人和她写的一样，还是要被扣分。因为你们没有说出她那番道理，是知其然而不知其所以然。你现在再找我说也不管事了，即使你是冤枉的也不能改。因为就算你原来想到了，但对上级医生的错误没敢指出来。对年轻的医生来说，忠诚于病情和病人，比忠实于导师要重要得多。必要的时候，你宁可得罪你的上司，也万万不能得罪你的病人……”这席话掷地有声。事过这么多年，我仍旧能够清晰地记得老先生如锥的目光和舒缓但铿锵有力的语调。平心而论，他出的那道题目是要求给出在常规情形下的治疗方案，而我竟从某个特殊的地理环境出发，并苛求于他。对一个初出茅庐的年轻人的不全面的异议，老先生表现出虚怀若谷的气量和真正医生应有的磊落品格。

真的，那个分数对我来说完全不重要，重要的是我在此番高屋建瓴的话语中，悟察到了一个优等医生的拳拳之心。

我甚至有时想，班上同学应该很感激我的挑战才对。因为没过多长时间，老先生就因为身体的关系不再给我们讲课了。如果不是我无意中创造了这个机会，我和同学们的人生就会残缺一段非常凝重宝贵的教诲。

我的三年习医生涯，在我的生命中是一个重大的转折。我从生理上明了了人体，也从精神上对自己有了更多的信任。我知道了我们的灵魂居住在怎样的一团组织之中，也知道了它们的寿命和限制。如果说在阿里的时候我对生命还是模模糊糊的敬畏，那么，教师的教诲使我确立了这样的观念：一生珍爱自身，并把他人的生命看得如珠似宝，全力保卫这宝贵而脆弱的珍品。

拒绝分裂

Ju Jue Fen Lie

分裂是个可怕的词。一个国家分裂了，那就是战争。一个家庭分裂了，那就是离异。一个民族分裂了，那就是苦难。整体和局部分裂了，那就是残缺。原野分裂了，那就是地震。天空分裂了，那就是黑洞。目光分裂了，那就是斜眼。思想和嘴巴分裂了，那就是心口不一。人的性格分裂了，那就是精神病，俗称“疯子”。

早年我读医科的时候，见过某些精神病人发作时的惨烈景象，觉得“精神分裂症”这个词欠缺味道，还不够淋漓尽致入木三分。随着年龄的增长和阅历的丰富，这才知道“分裂”的厉害。

分裂在医学上有特殊的定义，这里姑且不论。用通俗点的话说，就是在我们的心灵和身体里，存在着两个司令部。一个命令往东，一个指示往西或是往南，也可能往北。如同十字路口有多组红绿灯在发号施令，诸车横冲直撞，大危机就随之出现了。

分裂耗竭我们的心理能量，使我们衰弱和混乱。有个小伙子，人很聪明敏感，表面上也很随和，从来不同别人发火。他个矮人黑，大家就给他起外号，雅的叫“白矮星”，简称“小白”。俗的叫“碌碡”，简称“老六”。由于他矮，很多同学见到他，就会不由自主地胡撸一下他的头发，叫一声“六儿”或是“小白”，他不恼，一概应承着，附送谦和的微笑，因而人缘很好。终于，有个外校的美丽女生，在一次校际联欢时，问过他的名字后，好奇地说，你并不姓白，大家为什么称你“小白”？这一次，他面部抽搐，再也无法微笑了。女生又问他是不是在家排行第六？他什么也没说，猛转身离开了人声鼎沸的会场。第二天早上在校园的一角发现了他的尸体。人们非常震惊，百思不得其解，有人以为是谋杀。在他留下的日记里，述说着被人嘲弄的苦闷，他写道：为什么别人的快乐要建立在我的痛苦之上？每当别人胡撸我头顶的时候，我都恨不得把他的爪子剁下来。可是，我不能，那是犯罪。要逃脱这耻辱的一幕，我只有到另一个世界去了……

大家后悔啊！曾经摸过他头顶的同学，把手指攥得出血，当初以为是亲昵的小动作，不想却在同学的心里刻下如此深重创伤，直到绞杀了他的生命。悔恨之余，大家也非常诧异他从来没有公开表示过自己的愤怒。哪怕是只有一次，很多人也会尊重他的感受，收回自己的轻率和随意。

这个同学表面上的豁达，内心的悲苦，就是一个典型的分裂状态。如果你不喜欢这类玩笑和戏耍，完全可以正面表达你的感受。我相信，绝大多数的人会郑重对待，改变做法。当然，可能部分人会恶作剧地坚持，但你如果强烈反抗，相信他们也会有所收敛。那些忍辱负重的微笑，如同错误的路标，让同学百无禁忌，终致酿成惨剧。

如果你愤怒，你就呐喊。如果你哀伤，你就哭泣。如果你热爱，你就表达。如果你喜欢，你就追求。

如果你愤怒，却佯作宽容，那不但是分裂，而且是混淆原则。如果你哀伤，却佯作欢颜，那不但是分裂，而且是对自己的污损。如果你热爱，却反倒逃避，那不但是分裂，而且是丧失勇气。如果你喜欢，却装出厌烦，那不但是分裂，而且是懦弱和愚蠢……

所有的分裂都是要付出代价的。轻的是那稍纵即逝的机遇，一去不复返。重的就像刚才说到的那位朋友，押上了宝贵的生命。最漫长而隐蔽的损害，也许使你一生郁郁寡欢沉闷萧索，每一天都在迷惘中度过，却始终不知道这是为什么。

一位女生，与我谈起她的初恋。其实恋爱是一个古老的话题，地球上曾经生活过的几百亿人都曾遭逢。但每一个年轻人，都以为自己的挫败独一无二。女生说她来自小地方，为了表示自己的先锋和前卫，在男友的一再强求下，和他同居了。后来，男友有了新欢抛弃了她。极端的忧虑和愤恨之下，女生预备从化工商店买一瓶硫酸。

你要干什么？我说。

他取走了我最珍贵的东西，我要把他的脸变成蜂窝。该女生网满红丝的眼睛，有一种母豹的绝望。

我说，最珍贵的东西，怎么就弄丢了？

女生语塞了，说，我本不愿给的，怕他说我古板不开放，就……

我说，既然你要做一个先锋女性，据我所知，这样的女性对无爱的男友，通常并不选择毁容。

女生说，可我忍不了。

我说，这就是你矛盾的地方了。你既然无比珍爱某样东西，就要千万守好，深挖洞，广积粮，藏之深山。不要被花言巧语迷惑，假手他人保管。你骨子里是个传统的女孩，你需尊重自己的选择。如果真要找悲剧的源头，我觉得你和男友在价值观上有所不同。你在同居的时候崇尚“解放”，蔑视传统的规则。你在被遗弃的时候，又祭起了古老的道德。我在这里不作价值评判，只想指出你的分裂状态。你要毁他容颜，为一个不爱你的人，去违犯法律伤及生命，这又进入一个可怕的分裂状态了。人们认为恋爱只和激情有关，其实它和我们每个人的历史相连。爱情并不神秘，每个人背负着自己的世界观走向另一个人。

世上也许没有绝对的对和错，但有协调和混乱之分，有统一和分裂的区别。放眼看去，在我们周围，有多少不和谐不统一的情形，在蚕食着我们的环境和心灵。

我们的身体，埋藏着无数灵敏的窃听器，在日夜倾听着心灵的对话。如果你生性真诚，却要言不由衷地说假话，天长日久，情绪就会蒙上铁锈般的灰尘。如果你不喜欢一项工作，却为了金钱和物质埋首其中，你的腰会酸，你的胃会痛，你会了无生活的乐趣，变成一架长着眼睛的机器。如果你热爱大自然，却被幽闭在汽油和水泥构筑的城堡中，你会渐渐惆怅枯萎，被榨干了活泼的汁液，压缩成一个标本。如果你没有相濡以沫的情感，与伴侣漠然相对，还要在人前作举案齐眉的恩爱夫妻状，那你会失眠会神经衰弱会得癌症……

坚持糊涂

Jian Chi Hu Tu

我的一位远亲，住在老干部休养所内，那里林木森森，有一种暮霭沉沉的苍凉之感。隔几年，我会到那里暂住几天。我称她姑妈。

干休所很寂寞，只有到了周末，才有些儿孙辈的探望，带来轻微的喧闹。平日的白天，绿树掩映的一栋栋小楼，好似荒凉的农舍，悄无声息。每一栋小楼的故事，被门前的小径湮没。也有短暂的热闹时光，那是每天晚上《新闻联播》和《焦点访谈》之后，就有三三两两的老人，从各自温暖的家中走出来，好像一种史前生物浮出海面，沿着干休所的甬路缓缓散步。这时分很少车辆进出，所以老人们放心地排着不很规则的横列，差不多壅塞了整个道路的宽度，边议论边踱着，无所顾忌地传布着国家大事和邻里小事……大约一小时之后，他们疲倦了，就稀落地散去。

我也有晚饭后散步的习惯，跟在老人们背后受限，超过他们又觉得不敬，便把时间后移。姑妈怕我一个人寂寞，陪我。

这时老人们已基本结束晚练，甬路空旷寥寂。我和姑妈随意地走着，突然，看到前方拐角的昏暗处，有一个树墩状的物体移动着，之上有枝杈在不规则地招动……

我吓了一跳，想跑过去看个究竟，姑妈一把拽住我说，别去！我们离远些！

那个树墩渐渐挪远，我刚想问个明白，没想到姑妈还是紧闭着嘴，并用眼光示我注意侧方。我又看到一个苗条的身影，像狸猫一样轻捷地跟随着树墩，若隐若现地尾随而去……

那一瞬，我真被搞糊涂了。在这很有与世隔绝感的干休所，好像有迷雾浮动。

拉开足够的距离，确信我们的谈话不会被任何人听到后，姑妈说，前面走的那个是苗部长，她偏瘫了，每天晚上发着狠锻炼。她特别要强，不愿意人看到她一瘸一拐，手臂像弹弦子一样乱抓的模样，所以总是要等到别人都回家以后，才一个人出来走。大伙都不和她打招呼，假装没看见，体谅她。后面跟的那人，是她家的小保姆，暗地里照顾她，又不敢让她瞅见……

我插嘴道，那保姆看起来岁数可不小了。

姑妈说，平日说小保姆说顺嘴了，你眼力不错。苗部长以前是做组织工作的，身子瘫了，脑瓜一点儿不糊涂。她说保姆长期服侍病人，年龄太小，耐性恐成问题。所以她特地挑了个中年妇女，还一定要不识字的，因为她老伴老高是搞宣传的，家里藏书很多。要是挑来个识文断字的保姆，还不够她一天看故事读小说的。这个被左挑右选来的保姆，叫檀嫂，你这是晚上见她，看不清楚脸面。人长得好，也干净利落，身世挺可怜的，男人死了，也没个孩子，对老苗可好了……

第二年，我再去的时候，一切如旧，但和姑妈散步的时候，却没有看到树墩状的苗部长和狸猫样的檀嫂。我随口问道：苗部长好了？檀嫂走了？

即使在微弱的路灯下，我也能看到姑妈脸上挂着含义叵测的沉思。不知道，她说，嘴唇抿得紧紧的，好似面对刑讯的女共产党员。我也不便深问，此事轻轻带过。

再一年散步的时候，却猝不及防地看到了“树墩”。她摇晃得很厉害，手臂的划动也更加颤抖和无规则，艰难地挪着，每一个瞬间都可能整个扑到马路上，但她偏偏不可思议地挺进着。我马上去搜寻她的侧面，果然又看到了那狸猫样的身影，只是没了往日的灵动。待光线稍好，我看清檀嫂怀里还抱着一个婴儿。

苗部长病得好像更重了。我说。

是。姑妈说。

檀嫂结婚了？我说。

没。姑妈说。

那孩子是谁的？我问。

苗部长生的。姑妈说。

我差点摔个大马趴，虽然脚下的路很平。我说，姑妈，你不是开玩笑吧？且不说苗部长有重病，单说她多大年纪了，早就过了更年期了，怎么还会有孩子？

姑妈说，苗部长退休好几年了，你说她有多大年纪？孩子吗？老蚌含珠，古书上也是有记载的。去年，苗部长和檀嫂很长时间不出门，后来，他们家就传出了月娃子的哭声……

我说，是不是……

姑妈堵住我的嘴说，天下就你聪明吗？苗部长说那娃娃是自己生的，谁又能说不是？我们这的人，什么都不说。

我也什么都不说，等待着那一对奇异的散步搭档再次路过我们身旁。这一回，我站在半截冬青墙后，仔细地观察着。苗部长的面容是平静和坚忍的，她用全部身体仿佛在说着一句话——我要重新举步如飞！檀嫂是顺从和周到的，但从她抱孩子的姿势中，也透出浅浅的幸福之意。

我什么也说不出来。

过了两年，再去姑妈那里，散步的时候，又不见了“树墩” 和“狸猫”。我问姑妈，苗部长呢?

去世了。姑妈淡淡地说。

我猛地想起“三言二拍”中常说的一句话：奸出人命赌出贼。紧张地问，请法医鉴定了吗?

姑妈好生奇怪地反问我，请法医干吗？苗部长在医院住了很长时间，檀嫂服侍得非常周到。去世的时候，她拉着老高的手， 说自己非常满意了，并祝老高幸福。还拉着檀嫂的手说，谢谢。最后她是亲吻着那个小小的孩子离世的。

我说，后来檀嫂就和老高结婚了，现在很幸福。对吗?

姑妈说，是的。你怎么知道的?

我说，这件事再清楚不过了，只要有七十分的智商就能理出脉络。你们这里的人都不明白吗？

姑妈微笑着说，我们这里的人，戎马一生，几乎每个人都杀过人。可是我们都不想弄明白这件事。这事里没有人不乐意。对不对？老高要是不乐意，就没有那个孩子。苗部长要是不乐意，就不会承认那个孩子是自己生的。檀嫂要是不乐意，就不会那么精心地服侍苗部长那么长的时间……坚持把一件事弄明白不容易，始终把一件事不弄明白，坚持糊涂也不容易。你说是不是？

我深深地点点头。

忍受快乐

Ren Shou Kuai Le

忍受快乐。

这个提法，好像有点不伦不类。快乐啊，好事嘛，干吗还要用忍受这个词？习惯里，忍受通常是和痛苦、饥寒交迫、水深火热联系在一起的。

忍受是什么呢？是一种咬紧嘴唇苦苦坚持的窘迫，是一种打碎牙齿和血吞下的痛楚，是一种巴望减弱祈祷消散的呻吟，是一种狭路相逢听天由命的无奈。

如果是忍受灾害，似乎顺理成章。忍受快乐，岂不大谬？天下会有这种人？人们惊愕着，以为这是恶意的玩笑和粗浅的误会。

环顾四周，其实不欢迎快乐的人比比皆是。不信，你睁大了眼睛，仔细观察一下当快乐不期而至的时候，大多数人们的惊慌失措吧。

最具特征的表现是：对快乐视而不见。在这些人的心底，始终有一股冷硬的声音在回响——你不配拥有……这是过眼烟云……好景终将飘逝……此刻是幻觉……人生绝非如此……！我太不习惯了，让这种情形快快过去吧……

我们姑且称这种心绪为——快乐焦虑症。

这奇怪的病症是怎样罹患的？

许多年前，我从雪域西藏回北京探家，在车轮上度过了二十天时光，最终到家，结束颠沛流离之后，很有几天的时间，我无法适应凝然不动的大地。当我的双脚结结实实地踩在大地上的时候，感觉怪诞和恐慌。我焦灼不安地认为，只有那种不断晃动和起伏的颠簸，才是正常的。

你看，经历就是这么轻易地塑造一个人的感受和经验。当我们与快乐隔绝太久，当我们在凄苦中沉溺太深的时候，我们往往在快乐面前一派茫然。这种陌生的感觉，本能地令我们拒绝和抵抗。当我们把病态看成了常态时，常态就成了洪水猛兽。

一些人，对快乐十分隔膜。他们习惯于打拼和搏斗，竟不识天真无邪的快乐为何物。他们对这种美好的感觉，是那样骇然和莫名其妙，他们祷告它快快过去吧，还是沉浸在争执的旋涡中，更为习惯和安然。

还有一些人，顽固地认为自己注定不会快乐。他们从幼年起，就习惯了悲哀和痛苦。他们不容快乐的现实来打扰自己，不能胜任快乐的重量和体积。他们更习惯了叹息和哀怨，甚至发展到只有在凄惨灰色的氛围里，才有变态的安全感。那实际上是一种深深的忧虑造成的麻痹和衰败，他们丧失了宁静地承接快乐的本能。

他们甚至执拗地蒙起双眼，当快乐降临的时候，不惜将快乐拒之门外。他们已经从快乐焦虑症发展到了快乐恐惧症。当快乐敲门的时候，他们会像寒战一般抖起来。当快乐失望地远去之后，他们重新坠入黯哑的泥潭中，熟悉地昏睡了。

常常有人振振有词地说，我不接受快乐，是因为我不想太顺利了，那样必有灾祸。

此为不善于享受快乐的经典论调之一。快乐就是快乐，它并不是灾祸的近亲，和灾祸有什么血缘的关系。快乐并不是和冲昏头脑想入非非必然相连。灾祸的发生自有它的轨迹，和快乐分属不同的子目录。中国有句古话，叫作乐极生悲。我相信世上一定有这种偶合，在快乐之后，紧跟着就降临了灾难。但我要说，那并不是快乐引来的厄运，而是灾难发展到了浮出海面的阶段。灾难的力量在许多因素的孕育下，自身已然强大。越是在这种情形下，我们越是要珍惜快乐，因为它的珍贵和短暂。只有充分地享受快乐我们才有战胜灾难的动力和勇气。

许多人缺乏忍受快乐的容量，怕自己因为享受了快乐，而触怒了什么神秘的力量，怕受到天谴，怕因为快乐而导致了自己的毁灭。

快乐本身是温暖和适意的，是欢畅和光亮的，是柔润和清澈的，同时也是激烈和富有冲击力的。

由于种种幼年和成年的遭遇，有人丢失了承接快乐的铜盘，双手掬起的只是泪水。这不是他们的过错，却是他们永久的悲哀。他们不敢享受快乐，只能忍受。当快乐来临的时候，他们手足无措，举止慌张，甚至以为一定是快乐敲错了门，应该到邻居家去串门的，不知怎么搞差了地址。快乐美丽的笑脸他们吓坏了。他们在快乐面前，感到大不自在，赶紧背过身去。快乐就寂寞地遁去。

快乐是一种心灵自在安详的舞台，快乐是给人以爱自己也同时享有爱的欢愉的沐浴，快乐是身心的舒适和松弛，快乐是一种和谐和宁静。

当我们奔波颠簸跳荡狂躁得太久之后，我们无法忍受突然间的安稳和寂静。我们在无边无际的喧闹中，遗失了最初的感动，我们已忘怀大自然的包容和涵养。我们便不再快乐。

很多人不敢接受快乐的原因，是觉得自己不配快乐。这真是一个奇怪的逻辑。快乐是属于谁的呢？难道不是像我们的手指和眉毛一样，是属于我们自身的吗？为什么让快乐像一个无人认领的孤儿，在路口徘徊？

人是有权快乐的。甚至可以说，人就是为了享受心灵的快乐，才努力和奋斗，才与人交往和发展。如果这一切只是为了增加苦难，我们还有什么理由为此奋斗不息？

人是可以独自快乐的，因为人的感觉不相通。既然没有人能代替我们切肤之痛的苦恼，也就没有人能指责我们的独自快乐。不要以为快乐是自私的，当我们快乐的时候，我们就播种快乐的种子。我们把快乐传染给周围的人，我们善待周围的世界，这又怎么能说快乐是自私的呢？

当我们不接纳快乐的时候，我们实际上是不尊重自己，不相信自己，不给自己留下美好驰骋和精神升腾的空间。

快乐是一种无拘无束的展翅翱翔，快乐是一种淋漓尽致的挥洒泼墨，快乐是一种两情相依，快乐是一种生死无言。

对于快乐，如同对待一片丰美的草地，不要忍受，要享受。享受快乐，就是享受人生。如果快乐不享受，难道要我们享受苦难？即便苦难过后，给我们留下经验的贝壳，当苦难翻卷着白色的泡沫的时候，也是凶残和咆哮的。

快乐是我们人生得以有所附丽的红枫叶。快乐是羁绊生命之旅的坚韧缰绳。当快乐袭来的时候，让我们欢叫，让我们低吟，让我们用灵魂的相机摄下这些瞬间，让我们颔首微笑地分餐它悠远的香气吧。

忍受快乐，是一种怯懦。享受快乐，是一种学习。

思想与心灵的感悟

Si Xiang Yu Xin Ling De Gan Wu

保持惊奇，我常常这样对自己说。

它是一眼永不干涸的温泉，会有汩汩的对于世界的热爱，蒸腾而起，滋润着我们的心灵。

现代社会令人眼花缭乱，每个人在某种意义上说都是孤陋寡闻的。你在你的行业里是专家里手，在其他领域里可能完全是白痴。这不是什么令人羞愧的事情，坦率地流露惊奇，表示自己对这一方面的无知以及求知的探索，是一种可嘉的勇气。

幸福就是没有痛苦的时刻，它出现的频率并不像我们想象的那样少。人们常常只是在幸福的金马车已经驶过去很远，才拣起地上的金鬃毛说，原来我见过它。

丰收的季节，先不要去想可能的灾年，我们还有漫长的冬季来得及考虑这件事。我们要和朋友们跳舞唱歌，渲染喜悦。既然种子已经回报了汗水，我们就有权沉浸幸福。不要管以后的风霜雨雪，让我们先把麦子磨成面粉，烘一个香喷喷的面包。

如果你一时分辨不出一个人的品行，就去看他怎样花钱。

一掷千金的是纨绔和诗人，量入为出的是管家和主妇，张弛有序的是大家和智者，首尾不顾的是愚妇和莽汉……假如他根本就不花钱，除了极端的悭吝，就是一个缺乏生活情趣的人。

每个人都会有伤口，有的人愈合得天衣无缝，有的人留下累累疤痕，这当然和利物刺进的深浅有关了。但我们经常看到，有的人，在受到深刻的创伤之后，仍然完整光滑，有的人，在小小不言的刺激下，就面目全非了。在医学上，后一种人有一个特殊的名称，叫作——“疤痕体质”。愿我们每一个人都不是意志上的疤痕体质。我们可以受伤，我们可以流血，但我们要在最短的时间里，医治好自己的伤口，尽可能整旧如新。

当我们患病的时候，精神是一片深秋的旷野，无论多么轻微的寒风，都会引起萧萧黄叶的凋零。让我们像呵护水晶一样呵护病人的心灵。

生命的燧石在死亡之锤的击打下，易于迸溅灿烂的火花。

死亡使一切结束，它不允许反悔。无论选择正确还是谬误，死亡都强化了它的力量。尤其是死亡的前夕，大奸大恶，大美大善，大彻大悟，大悲大喜，都有极淋漓的宣泄，成为人生最后的定格。

Chapter 陆

安静地
等待，
好好睡觉

安静地等待。

好好睡觉，像一只冬眠的熊。

锻炼身体，

坚信无论是承受更深的低潮

或是迎接高潮，

好的体魄都用得着。

爱的喜马拉雅

Ai De Xi Ma La Ya

有一句流传广远的话，广泛见于对英雄楷范的宣扬中，那就是——他心中装着全体人民，唯独没有他自己。

反复灌输之下，就形成了一条关于爱的约定俗成：“你爱众人吗，那就肯定不爱你自己。你爱自己吗，那你就不可能爱更多的人。”爱自己和爱他人是南辕北辙的。这句话的核心内容是——爱自己与爱他人不能共存。

按照这种说法，爱是一种不可分割的脆弱之物。它是整体的，又是非此即彼的。它不是红的，就是白的，绝不可能是粉红的。如果可以分而治之的，就不是爱了，只是一块烤煳的蛋糕。爱是排他的，而在这架跷跷板的两端，坐着我们自己的屁股和整个人民的利益。

这就使得爱变得残酷和狭隘起来。要一个人不爱自己，是不合生理和正常规律的。如果我们不爱自己，感觉冷了，不去加衣服，感觉饿了，不吃东西……那样我们连自己最基本的生存，都发生了不可照料的恐慌，如何还有余力爱他人、爱世界？

把个人的利益和整体的利益分裂对立起来，是一种人为的敌意。顺序颠倒，情理不合。我们从自身的愉悦、自身的宝贵，感受到了世界的可爱和他人的价值。在使自己美好的同时，我们使整个世界由于我的存在，而多了一只飞舞闪亮的萤火虫，虽然微小，却不乏光明和美丽。

爱是那样一种复杂和需要反复咀嚼和提炼的感觉。没有哪个词，可以成功地复制和转移我们对于爱的表达。爱是可以溶解那么多情感的特殊液体，爱又是单纯、简约、精粹到任何语言的描述都显得索然和赘疣。

爱是人类所有发明中伟大和莫测的最初和收尾的精品，爱是永远不会有过剩危机的精神享用。

爱从自己开始，爱又绝不仅仅局限于自己。爱最后还是要降落在自己脑海的机场上，爱从我们内心的光源辐射到辽远的宇宙。爱能比我们的双脚走得更快、更稳，爱能让我们的目光看得更深、更远，爱能比我们的语言更美、更多，爱能比我们的判断更直接、更明晰……爱是这样的一座宝库，当你把信任存入它的柜台后，它就把世上最美妙神奇的精神财富，源源不断地偿付给你。

也许有人会说，那古往今来的先烈和志士们，为了他人的利益，不惜牺牲自己的性命，那又是在爱谁呢？

这的确曾是幼小的我百思不解的问题。每当我的思绪碰到这个隔离墩的时候，就不由自主地刹车了。但我终于在一个明朗的早上，豁然开朗。先贤们依旧是爱自己的，而且爱得非同寻常，爱得摧枯拉朽。他们不惜以自己有形的生命，去殉葬了无形的理想。他们热爱自己的信仰，胜过爱自己的四肢百骸。他们是爱的喜马拉雅。正是由于

247

他们的存在，更加证明了爱自己，会使人产生出怎样不可战胜的力量和勇气。表达了爱对死亡的威胁，是一种不可逾越的永恒。那是爱的珠穆朗玛啊！在那寒冷苍莽的顶峰，爱就显现出圣洁和孤独的雪光。因为一般人的不可企及，就把它神化以至想当然地——对不起，我说得可能有点儿冒犯，因为我们未能以生死相抵——我们把先贤的献身简化了。我们以为他们不曾想到自己，实际上，他们把自己的意志和选择看得高于和重于人仅有一次的生命，他们是超拔和孤独的巨臂。

清醒地、果敢地把生命投入某项事业当中的人，具备大智大勇，值得人类瞻仰和崇敬。如果你未能体察这一点，且慢擅论信仰，犹如“夏虫不可语冰”。

梅花催

Mei Hua Cui

很多人以为爱是虚无缥缈的感情，以为爱在我们的日常生活中，发生的机会十分稀少，以为只有空虚的细腻的多愁善感的人，才会在淋淋秋雨的晚上和薄雾袅袅的清晨，品着茶吹着箫，玩味什么是爱，以为爱的降临必有异兆，在山水秀美之地或是风花雪月之时，锅碗瓢盆刀枪剑戟必定与爱不相关。

还有很多人以为自己不会爱，是缺乏技巧，以为爱是如烹调术和美容术一样，可以列出甲乙丙丁分类传授的手艺，以为只要记住在某种场合，施爱的程序和技巧，比如何时献花何时牵手，自己在爱的修行上，就会有一个本质性的转变和决定性的提高。风行的各类男人女人少年少女的杂志上，不时地刊登各种爱的小窍门小把戏，以供相信这一理论的读者牛刀小试。至于尝试的结果，从未见过正式的统计资料，也无人控告这些经验的传授者有欺诈倾向。想来读者多是善意和宽容的，试了不灵，不怪方子，只怪自家不够勤勉。所以，各种秘方层出不穷，成为诸如此类刊物长盛不衰的不二法门。这也从一个侧面说明，多少人求爱无门，再接再厉屡败屡试。

爱有没有方法呢？我想，肯定是有的。爱的方法重要不重要呢？我想，一定是重要的。但在爱当中，最重要的不是方法，而是你对于爱的理解和观念。

你郑重地爱，严肃地爱，欢快地爱，思索地爱，轻松地爱，真诚地爱，朴素地爱，永恒地爱，忠诚地爱，坚定地爱，勇敢地爱，机智地爱，沉稳地爱……你就会派生出无数爱的能力，爱的法宝，爱的方法，爱的经验。

爱是一棵大树，方法是附着在枝干上的蓓蕾。

某年春节，我到江南去看梅花。走了很远的路，爬了许久的山，看到了无边无际的梅树。只是，没有梅花。

天气比往年要冷一些，在通常梅花怒放的日子，枝上只有饱胀的花骨朵。怎么办呢？只有打道回府了。主人看我失望的样子，突然说，我有一个办法，可以让梅花瞬时开放。

我说，真的吗？你是谁？武则天吗？就算你真的是，如果梅花也学了牡丹，宁死不开你又怎样呢？

主人笑笑说，用了我这办法，梅花是不能抵挡的。你就等着看它开放吧！

她说着，从枝上折了几朵各色蓓蕾（那时还没有现在这般的环保意识，摘花——罪过），放在手心，用热气暖着哈着，轻轻地揉搓……

奇迹真的在她的掌心，缓缓地出现了。每一朵蓓蕾，好似被魔掌点击，竟在严寒中，一瓣瓣地绽开，如同少女睡眼一般睁出了如丝的花蕊，舒展着身姿，在风中盛开了。

主人把花递到我手里，说好好欣赏吧。我边看边惊讶地说，如果有一只巨掌，从空中将这梅林整体温和揉搓，顷刻间就会有花海涌动了啊！

主人说，用这法子可以让花像真的一样开放，但是……

她的“但是”还没有讲完，我已知那后面的转折是什么了。如此短暂的工夫，在我手中蓬开的花朵，就已经合拢熄灭，那绝美的花姿如电光石火一般，飘然逝去。

怎么谢得这么快？我大惊失色。

因为这些花没有了枝干。没有枝干的花，绝不长久。主人说。

回到正题吧。单纯的爱的技术，就如同那没有枝干的蓓蕾，也许可以在强行的热力和人为的抚弄下，开出细碎的小花，但它注定是短命和脆弱的。

我们珍视爱，是看中它的永恒和坚守。对于稍纵即逝的爱，我们只有叹气。

爱在什么时候，都会需要技术的，而且这些技术，会随着历史的进程，发展得更完善和周到。同时我们无论在任何时候，都更看重那技术之下的，深埋在雄厚土壤中的爱的须根。

如果你需要长久的致密的坚固的稳定的爱，你就播种吧，你就学习吧，你就磨炼吧，你就锲而不舍地坚持求索吧。爱必将降临在每一个真诚寻找它的眸子里。

从伊甸园带走的礼物

Cong Yi Dian Yuan Dai Zou De Li Wu

亚当和夏娃从伊甸园离开的时候，带走了两样礼物。这是两样什么东西呢？我考过一些人。有人说，是树叶吧？夏娃既然已经穿在身上了，当然要带着走。有人说，是那个唆使他们吃了智慧树上的果子的坏蛋，为了报仇雪恨。要不然凡间为什么会有各种各样的毒蛇？还有人说，一定是个苹果核。夏娃既然吃了果子，觉得香甜可口，肯定要把种子偷偷掖在身上……

正确的答案是：上帝震怒，要把亚当和夏娃赶出伊甸园。亚当俯视了一眼人寰，看到万千磨难险象环生，怕自己和夏娃凄苦煎熬，恳请上帝慈悲，送他们几种消灾免难的法宝。上帝想了一下，说，好吧，就送你们两样东西吧。一个是休息日，另一个是眼泪。于是，亚当和夏娃携带着上帝最后的礼物，从温暖美丽的伊甸园坠入水深火热的人间。

初次听到这个故事的时候，我还年轻。觉得上帝实在小气，休息是自己的，眼泪也是自己的，还用得着您老人家馈赠吗？完全可以自产自销。累了，就躺倒休息，伤心了，就放声哭泣，这有什么难的？如何能算礼物呢？太简陋寒酸了，不如送来更浓的芬芳和更脆甜的瓜果。

年岁渐长，又做了心理医生，从自己的苦恼和他人的困惑中，才悟出休息和眼泪真是无与伦比的宝贝。

休息是什么呢？是山高路远跋涉其间喝茶的闲暇，是无所事事坐看星辰秋风落叶的散淡，是百无聊赖的伸长懒腰和迷迷瞪瞪的困倦，是三五死党鸡零狗碎的游走和闲逛……这指的是懈怠的休息，还有一种更奋不顾身的休息。到高处攀登，到深海潜藏，从苍穹坠落，与猛兽同眠……求的是冷汗涔涔的刺激，收获的是惊世骇俗的风险，甚至搭上了性命也在所不辞。无论休息的外套怎样千变万化，有一个共性永存其中——那就是它真的什么也不创造，除了快乐。它什么都消耗，最主要的是时间和金钱。

再说说眼泪吧。人可以因为各种原因流眼泪，包括大喜过望和义愤填膺的时刻。眼泪几乎是除了大小便，我们能主动排泄的唯一体液了。不信你试试，如果不是火热的劳动和过度的紧张，你想命令自己出汗，并非易事。

眼泪是从最靠近我们大脑的双眼之穴涌流出来的，单单这一点，就让人充满了奇妙和敬畏。眼泪可以把我们恶劣的心境和强烈的情感，溶解在其中，将那些毒素排出，而将圣洁和宁静沉淀下来还给我们。泪水冲刷洗涤着昏暗的双眸，让它们恢复清洁和明亮。它是心灵火山爆发的岩浆，苦涩之水前赴后继地滴落，需要大量新鲜的血液涌入大脑。脉管贲张血流澎湃，就像黄河水漫灌了苦旱的平川地，于是万物复苏草木葱茏，思考的藤蔓随之萌芽延展。

现代人放弃休息鄙夷眼泪，他们以为这是不值一提的废物，如同办公室里被粉碎了的过期纸渣。将休息从自己的日程表中放逐，其实是一种慢性自杀。号称从来都不流一滴眼泪的硬汉子，说得悲惨点，就是被阉割了情感的怪物。

让我们在该休息的时候休息，在该流泪的时候哭泣。这不是上帝送给亚当和夏娃的礼物，而是你自己传给自己的生命秘籍。

火车内外的风景

Huo Che Nei Wai De Feng Jing

与一位经济学家聊天。他说，我以前是很喜好文学的，看过很多世界名著。但是，我已经很长时间不看任何文学刊物了，现在的小说不好看。你能告知我，好的小说家都干什么去了呢？

我说，依你这话，好像有一些天生的好小说家，躲在什么地方，等着人们去把他挖掘出来，仿佛多年的老山参似的。

他笑了，说，不管怎么样，文学家和经济学家是很不同的。

我说，愿听其详。

他说，整个社会就好像是一列火车。经济学家考虑的就是火车怎样开着更快，又不致颠覆。比如效率和公平，如同两根肋骨，对立着，缺了谁也不行，是支撑也是矛盾。当我们太强调公平的时候，就牺牲了效率。但是，如果社会的冲突太尖锐了，就会引起混乱……经济学家是最讲平衡的。

我说，我同意你这个有趣的比喻。但是，有一点我想和你澄清一下有关概念。那就是我们的这列火车，它是什么样的车呢？

经济学家说，这有什么特别重要的意义吗？总之就是一列火车罢了。有车头和车厢。高速的火车，现代的火车。坐满了人，很拥挤，在前无古人的路上运行着。

我说，原谅我，我是女人，又是搞形象思维的，所以我习惯具体化。火车和火车，当然是不一样。我在国外坐过那种很先进的火车，速度之快先不说，单是那份舒适，就令人流连忘返。还有便捷与豪华，座椅旁有电脑上网的插孔，车厢顶部是全玻璃幕的，看得见星斗和云霞。列车夜晚在旷野上行进，宛然一尾发光的炮弹壳。我也坐过中国东北和西南那种恨不能每五分钟就停一站的慢车，整个车厢都弥漫着多年粪便沤积出的阿摩尼亚气，其浓烈程度几乎可令一个中度昏迷的人骤然清醒。地上的瓜子皮或是甘蔗渣能没过脚面，人与人摩肩接踵，只有置身在那种氛围里，你才能深刻地体验到什么是——“血肉筑起的长城”……

经济学家打断了我，说，咱们的车，当然不是那种苦难陈旧的列车了，是新的车，基本上是夕发朝至的那种类型。

我说，太优越了点吧？你我乘坐的这列火车可没法夕发朝至，路漫漫其修远兮啊。话说到这里，我猛地想起一个极要紧的问题，忙着追问：有卧铺吗？

这很重要吗？朋友对我的穷追猛打有点烦了。

当然了。把整个国家比作一列列车，又是昼夜兼程万里迢迢的，一个人是坐着还是躺着，这几乎是头等重要的事了。我不依不饶。

朋友苦笑道，好了，我们就定下来，这列车上有一部分人是坐着有一部分人是躺着。坐着的多，躺着的少。

我说，这就比较符合当前实际情况。

轮到朋友反攻，他说，我特别想知道的就是——当列车行进的时候，文学家在哪里呢？

我说，我个人可没资格判断文学家如何如何。我只是这个庞大古老的行业中的一个从业人员。依我粗浅了解，斗胆推断，当列车行进的时候，文学家也是在这列火车上的。他们中的绝大多数，肯定不是在车下，骑着毛驴或是躺在草丛中。

经济学家说，好吧，我相信文学家的大多数在车上。只是，他们在做什么呢？

我说，在看风景。看车窗外的风景和车窗内的百态。车子平稳运行的时候，他们也会欣赏音乐，但是通常不会打盹。也许会常常到餐车看看，民以食为天嘛。当然了，如果餐车座位太拥挤或是菜肴太贵，就只有待在自己的硬座席上，乖乖地等着吃盒饭。他们不会太好脾气，如果送的饭质次价高或是不卫生不新鲜，没准会大声叫屈。车子开得太快，车身剧烈颠簸的时候，他们会发出呼唤和抗议，那不仅是他们自己感到很不舒服了，更是听到车上的妇孺病残呻吟，以期引起整个人群的关注。日出或是日落的时候，窗外的风光格外美丽，他们会痴痴地扒在窗户上，看人类亘古不变的景色，想一些和速度之类无关的问题。入夜以后，也许整列火车上的绝大部分人都睡着了，但是他们不睡。不是忧国忧民，而是自己神经衰弱，睡不着觉。这种时刻，他们虽在人群中，却是异常地孤独，许久许久，他们在迷惘与思索中蒙眬睡去。突然听到有人啼哭，他们会披衣起身，来到那个老媪或是孤儿身边，倾听她们的故事，或许还会流下眼泪。当黎明到来的时候，他们就下了决心。把这个故事写下来……还有很多的时间，文学家也在为自家的事操心，比如屋子和孩子，比如职称和金钱，当然了，还有文人最常见的感情纠葛。

经济学家点点头说，好了，我大致知道文学家在车上会做些什么了。但是，你想过没有，文学家要站在车头上去，看司机怎样执掌方向，看司炉怎样添煤烧水，听呼啸的风声，看弥漫的大雾。

我说，文学家通常是在想象和判断中，完成这些工作的。对于一个社会来说，强者的声音总是响亮的。而弱者，那些卑微和细碎的生命的权利，容易被忽视和淡忘。但整个人类的质量，是一个整体。记得看过一种团队的比赛，并不是以第一名到达目的地的时间来决胜负，而是以最后一名的到达时间为整个团体的成绩。文学家的目光，因此会永远特别地眷顾那些平凡如草的生命。

那天和经济学家朋友的谈话，只是私人之间的闲谈。两人都是各自职业中的沧海一粟，谈的自然是一孔之见。冲撞和交锋，使我发现了职业的差异是如此地显著。

欢迎文学家到车头来。经济学家的朋友这样说。

行进的列车上，总要有人看车窗内外的风景。我说。

为生命找到意义

Wei Sheng Ming Zhao Dao Yi Yi

古代人常常专注于最基本的生存需求。日常生活天然地具备了提供精彩意义的能力。人们的生活是如此接近土地，每个人都毫不怀疑自己是大自然的一部分。他们耕地，播种，收获，烹调，生养小孩子，然后生病和死亡，最后回归泥土。他们很自然地展望未来，觉得未来是如此清晰，那就是——吃饱饭，子子孙孙地繁衍，实现一轮又一轮的更迭，如同能够每日每年看到的大自然的循环。他们对日月星辰、山川河流这类庞然大物有强烈的归属感，他们深深明白自己是家庭和族群不可或缺的一部分。对以上这种基本存在，从来不曾有过问号。

是啊，有谁能对一个埋头苦干的农夫字斟句酌地问，你这样辛苦是为了什么呢？他一定头也不抬地继续干活，对他来说，家里的妻儿老小和他自己的口粮，就在这劳作中生发着，这难道还用得着问吗？

可是，今天，这些意义消失了。都市化、工业化，让生活中少了和大自然血肉相依的关联。我们看不到星空，我们每个人几乎都脱离了世界的基本生命链。你焊接电脑上的一块线路板，你在股票市场卖出买进，可这和意义有什么关联呢？

我们有太多的时间提出更多的问题，我们必须面对自由的无情拷问，可是我们失去了参照物。工作不再提供意义，一点儿创造力也没有，生养小孩也没有了意义。世界人口爆炸，也许不生养更有意义。

生命的意义是非常重要的心理架构，与每个人都有非常重要的关系。伟大的心理学家荣格说，我的病人大约有三分之一并不是罹患了任何临床可以定义的疾病，而只是因为生命没有意义，没有目标。

这个问题到了心理学家法兰克那里，有了升级版。他说，最少有50%的来访者有这种问题——觉得生命没有意义。

萨特说过，人是一种徒劳无益的热情。我们的诞生毫无意义，死亡也没有意义。但萨特这样说完之后，在他自己的小说中又明确地肯定了意义的追求，包括在世界上寻找一个家、同志之谊、行动、自由、反对压迫、服务他人、启蒙、自我实现和参与。

在现在的情况下，为生命找到意义，就成了非常紧迫的任务。每个人要有一个自我的意义系统，包括行为准则：勇敢、高傲的反抗、友好的团结、爱、尘世的圣洁等。

Chapter •
陆

苍茫之悟

Cang Mang Zhi Wu

很久以来，面对苍凉的荒漠、迷茫的雪原、无法逾越的高山、浩渺无垠的大海，心胸就被一种异样的激情壅塞，骨髓凝固得像钢灰色的轨道，敲之当当作响。血液打着旋涡呼啸而过，在耳畔留下强烈的回音。牙齿因为发自内心的轻微寒意，难以抑制地颤抖。眼睛因为遥远的地方，不知不觉中渗出泪水……

当我十六岁第一次踏上藏北高原雪域，这种在大城市从未感受的体验从天而降。它像兀鹰无与伦比的巨翅，攫取了我的意志，我被它君临一切的覆盖所震惊。它同我以前在文明社会中所有的感受相隔膜，使我难以命名它的实质，更无法同别人交流我的感动。

心灵的盲区，语言的黑洞。

我在战栗中体验它博大深长的余韵时，突然感悟到——这就是苍茫。

宇宙苍茫，时间苍茫，风雨苍茫，命运苍茫，历史苍茫，未来苍茫，天地苍茫，生命苍茫。

人类从苍茫的远古水域走来，向苍茫的彼岸划着小舟，与生俱来的孤独之感永远尾随鲜活的生命，寰宇中孤掌难鸣，但不屈的精灵还是高昂起手臂，仿佛没有旗帜的旗杆，指向苍穹……

痛苦的人生，没有权利悲哀；苍茫的人生，没有权利渺小。

爱，有无数种分类法。我以为最简明的是——以血为界。

一种是血缘之爱，比如母亲之爱亲子，儿子之爱父亲，扩展至子孙爱姥姥姥爷爷爷奶奶，亲属爱表兄表弟堂姐堂妹……甚至爱先人爱祖宗，都属于这个范畴。

还有一种爱在血外，姑且称为——非血之爱。比如爱朋友，爱长官，爱下属，爱动物……最典型的是爱自己的配偶。

血缘之爱是无法选择的，你可以不爱，却不可能把某个成员从这条红链中剜除。一脉血缘在你诞生之前许久，已经苍老地盘绕在那里，贯穿悠悠岁月。血缘之爱既至高无上又无与伦比地沉重，也充满天然的机缘和命定的随意。它的基础十分简单，一种名叫“基因”的小密码，按照数学的规律递减着，稀释着，组合着，叠加着，遂成为世界上最神圣最博大的爱的基石。

非血之爱则要奇诡神秘得多。你我原本河海隔绝，天各一方，在某一瞬间，突然结成一体，从此生死相依，难道不是人世间最司空见惯又最不可思议的偶然吗？无数神鬼莫测的巧合混杂其中，爱与恨泥沙俱下无以澄清。激情在其中孕育，伟大与卑微交织错落。精神与人格，在血之外的湖泊中遨游，搅起滔天雪浪，演出无数悲欢离合的故事……爱恋的光谱，比最复杂的银河外星系轨道，还难以预计。

血缘之爱使我们感知人间最初的温暖与光明，督我们成长，教我们成人。它是孤独人生与大千世界的脐带，攀援着它，我们一步步长大，最终挣脱它的羁绊，投入非血之爱。然后我们又回归，开始血缘之爱新的轮回。

血缘之爱是水天一色的淳厚绵长，非血之爱更多一见钟情的碰撞和百折千回的激荡。

血缘之爱有红色缆绳指引，有惊无险，经历误会挫折，多能化险为夷，曲径通幽。非血之爱全凭暗中摸索，更需心灵与胆魄烛照，在莽苍荒原中，辟出人生携手共进的小径。非血之爱，使每个人思考与成长，比之循规蹈矩的血缘，更考验一个人的心智。

爱一个和你有血缘关系的人，是一种本能，一种幸福，一种责任，一种对天地造化的缠绵呼应。

爱一个和你没有血缘关系的人，是一种需要，一种渴望，一种智慧，一种对美与永恒的无倦追索。

我们的一生，屡屡在血与非血的爱中沐浴，因此而成长。

决定日月，决定悲喜

Jue Ding Ri Yue Jue Ding Bei Xi

别听信那些说年轻有多么美好的话儿，听了也千万不要当真。

青春时，你一无所有，有的只是特别敏感的神经和特别匮乏的机遇。当然，还有双手和大脑。

不要津津乐道那些贵人相助云开雾散的故事。那是极小概率的事件，而你，不过是大概率当中的一员。养成自甘普通的心态非常重要，可以让你一辈子宠辱不惊。有道是由俭入奢易，由奢入俭难。认定自己是普通人，就是情绪上的勤俭持家。偶遇常人难以企及的好运，就是人生的奢侈。不用怕自己适应不了天降祥瑞，就提前天天一厢情愿地预演美事。白日梦做多了，容易怨天尤人走火入魔。

不要对比，滋生沮丧。人和人是不一样的。比父母，你如处在低等阶层，就会生出父母不如人的怨气。而我们永远不能怨恨父母将我们出生，生命神圣。比相貌，假如你不是国色天香潘安再世，就会生出自卑心理。相貌是不可改变的，你必须接受天然的模样，从此泰然处之。比学历，假如你不够高，你可以继续努力读书。假如你所热爱的事务，主要需从实践中学习，那你就不必拘泥于一纸文书，你可以努力让自己成为这一行的佼佼者，再去教导后人。比房子大小，更是和动物撒尿圈领地属于同等级别，没有品位的事情。你知道史上那些英雄豪杰住过的房子是多少平方米吗？如果你不知道，那就证明这件事不能青史留名。也许你说你是普通人和青史无干，那就更没有必要在这件事情上攀比了。从环保的角度讲，人不应该霸占那么大的地方，留给别人空间，是一种大修养。

年轻人常常感觉很无助，无助的根源就在于比较。只要你收起了比较，你就享得了最基本的自由。

年轻时神经非常敏锐，感官非常丰富。一切痛苦都会被放大，令你哀痛难熬。一切欢乐又那么稍纵即逝，令你惆怅惋惜。你常常以为，当你拥有了某些东西，比如业绩，比如融进一个城市，比如住在豪宅，比如提升到某个职务，比如获得了某个奖励，比如娶了美女或是嫁了高富帅……从此你就掉到蜜罐里永无痛楚。但真实的情况是，你拥有了那些东西之后，忧愁依然在，茫然依然在，唯一不在的是你的耐心。

我看过一个资料，说是这世界上真正有作为的专家，要对所操行业达到专精，至少要经过一万小时以上的学习或是训练。关于天赋和师资等条件咱们姑且不论，单是时间，就漫长到绝望。按每日五小时浸淫其中（专注的时间太长，反倒没有效率。此处指的是全神贯注的高质量学习），要两千天。按照每年两百个工作日计算，需整整十年。

十年！足以让一个血气方刚的青年，变成沉着稳定的中年。

年轻时磨炼之意义，就在于因为这过程你经历过，就在于你终于知道它的转归。你必须有耐心，在看起来毫无希望的时候，不急于求成。举个自己的例子，很多我年轻时在意的东西，现在已经褪去颜色。我在意过生死，当我距离它尚远的时候，噤若寒蝉。当我离它更近的时候，反倒从容。我在意过名次，现在索性不参加比赛了，怡然耕耘的人，汗水之外，两袖清风。我在意过朋友的多寡，现在才知道，有一些人当初就不是为了友谊而来。如落叶遇到风霜，散去本是正常。不变的是我的人生，越来越静谧。

年轻时多选择，每个选择都通往不同的道路，每逢选择时就会不安，生怕一着不慎，满盘皆输。比如，在街头一间不算太大的超市里，共有超过两万五千多种可供你选择。只要你乐意购买，有将近一万份杂志和期刊可供你阅读。你还可以选择收看几百个电视台的任何一个频道。更不用说打开电脑，有海量的信息如原始时期的大洪水扑来，可以将你淹得两眼翻白。

不用那么紧张。

只要你的选择和你的人生大方向相一致，你的基本价值观是真善美的，那么，就不会犯原则性的错误。这就是年轻的好处，走错了，你可以重新再来。如果因为怕犯错误而驻足不前，那才是枉费了青春，犯了最大的错误。

年轻的时候，你除了可以决定自己的方向和选择之外，再就是可以决定心情。你会没有很多东西，但你一定有自己的心情。你不能改变很多东西，但你一定能改变自己的心情。所以，你可以决定日月，决定悲喜。

你或许要说，日和月，多么光芒万丈的天体，我哪里就能决定它们呢？别着急，日和月合在一起，是什么？是明天的“明”字啊。通过努力，我们可以把握自己的明天，让自己开始喜悦的清晨。

图书在版编目（CIP）数据

过，不紧绷松弛的人生 / 毕淑敏著. -- 北京：北京联合出版公司, 2025. 3. -- (把自己养成一朵特别的花). --ISBN 978-7-5596-8036-5

Ⅰ. I267

中国国家版本馆CIP数据核字第2024Y11923号

过，不紧绷松弛的人生

毕淑敏 著

出 品 人：赵红仕
出版监制：刘　凯
选题策划：晴海国际文化・朴写书房
策划编辑：李　莉　暖　晴
责任编辑：翦　鑫
封面设计：创研设
版式设计：邬果丹
内文排版：晴海国际文化

关注联合低音

北京联合出版公司出版
（北京市西城区德外大街83号楼9层　100088）
北京联合天畅文化传播公司发行
北京美图印务有限公司印刷　新华书店经销
字数 220 千字　880 毫米 ×1230 毫米　1/32　8.75 印张
2025年3月第1版　2025年3月第1次印刷
ISBN 978-7-5596-8036-5
定价：56.00元

上架建议：女性，畅销文学

ISBN 978-7-5596-8036-5

9 787559 680365 >

定价：56.00元